COLLECTION FOLIO

D1562458

Christian Bobin

La folle allure

Gallimard

Christian Bobin est né en 1951 au Creusot.

Il est l'auteur d'ouvrages dont les titres s'éclairent les uns les autres comme les fragments d'un seul puzzle. Entre autres : *Une petite robe de fête, Souveraineté du vide, Éloge du rien, Le Très-Bas, La part manquante, Isabelle Bruges, L'inespérée, La plus que vive, Autoportrait au radiateur, Geai, La présence pure, Ressusciter, La lumière du monde* et *Le Christ aux coquelicots*.

Mon premier amour a les dents jaunes. Il entre dans mes yeux de deux ans, deux ans et demi. Il se glisse par la prunelle de mes yeux jusqu'à mon cœur de petite fille où il fait son trou, son nid, sa tanière. Il y est encore à l'heure où je vous parle. Aucun n'a su prendre sa place. Aucun n'a su descendre aussi loin. J'ai entamé ma carrière d'amoureuse à deux ans avec le plus fier amant qui soit : les suivants ne seraient jamais à la hauteur, ne pourraient jamais l'être. Mon premier amour est un loup. Un vrai loup avec fourrure, odeur, dents jaune ivoire, yeux jaune mimosa. Des taches d'étoiles jaunes dans une montagne de pelage noir.

Mes parents sortent en criant de la roulotte, c'est la nuit, les autres roulottes, une à une, s'éclairent, tous en descendent, le clown, l'écuyère, le jongleur, les femmes, les autres enfants, tous en chemise de nuit, en pyjama ou

9

à moitié nus, ils m'appellent, s'accroupissent sous les camions pour voir si je ne m'y suis pas cachée par jeu et ensuite endormie — c'est déjà arrivé plusieurs fois —, ils s'éloignent sur la place du village, appellent encore, n'appellent plus mais hurlent, des fenêtres commencent à s'allumer aux maisons voisines et des gens se fâchent, crient au tapage nocturne, menacent des gendarmes. C'est ma tante qui me trouve. Elle court aussitôt de l'un à l'autre, impose le silence, fait signe qu'on la suive sans bruit, surtout sans aucun bruit : voilà le cirque au complet qui s'approche de la cage, la porte est entrouverte, je suis allongée sur la paille dorée à l'urine et j'ai les yeux fermés, ma petite tête de deux ans appuyée contre le ventre du loup. Je dors. Je dors d'un sommeil limpide et bienheureux.

Le loup venait des forêts de Pologne. On l'exposait pour attirer les spectateurs pendant l'installation du chapiteau. Il n'entrait dans aucun numéro. Un loup, ça ne se dresse pas. Les gens emmenaient leurs enfants voir le prince noir des contes de fées, la brute superbe. On ne leur disait pas la vérité : que ce loup était plus aimable qu'un lapin, que l'écuyère lui donnait à manger dans sa main et que rien de grave, pas même un grognement, n'était jamais sorti de la montagne de fourrure et d'étoiles. On avait accroché un écriteau en lettres rouges au-dessus de la cage : loup de la région de Cracovie. Les gens étaient plus effrayés par la pancarte que par la bête assoupie au fond de la cage. Mais ils étaient contents, ça leur suffisait comme preuve. Ce sont les noms qui font peur. Les choses sans les noms ce n'est rien, pas même des choses.

Donc toute la tribu est là, en demi-cercle devant le tableau de la petite fille au loup. D'accord il n'est pas dangereux mais, quand même, il y a des limites, mon père s'approche, entre dans la cage et quand il va pour me saisir, le loup redresse la tête, seulement la tête, aucun mouvement du ventre ou des pattes, comme s'il souhaitait ne pas me réveiller — et il se met à grogner pour la première fois, à montrer ses dents jaunies. Nouvelle tentative de mon père, un grognement plus fort, plus net, et les dents qui se découvrent jusqu'aux gencives. Mon père recule, rejoint les autres. On discute, on réfléchit. Le dompteur dit : c'est mon métier, j'y vais. Même réaction, la mâchoire qui claque. On choisit d'attendre. Les heures s'écoulent, silencieuses. Ils sont tous là, grelottant de froid devant la cage, guettant l'instant où le loup va s'endormir. La scène dure jusqu'au matin. Jusqu'à l'aube le loup veille sur mon sommeil. Lorsque, caressée par les premiers rayons de lumière froide, j'ouvre mes yeux, m'étire et commence à me mettre debout, il s'écarte doucement et va à l'autre bout de la cage, gagner un repos mérité. Je ne sors pas tout de suite. Je regarde les autres derrière la grille, la pâleur de leurs visages, je ris, je chante, toute rafraîchie par ce sommeil immaculé. On m'empoigne, deux claques sur les fesses et on me boucle une semaine dans la roulotte.

Depuis on me surveille. On vérifie dix fois par jour la fermeture de la cage. On ne peut m'empêcher de passer des heures devant. Quand l'attention se relâche, vite, je tends mes mains à travers les barreaux et je les lui donne à lécher. Le soir, avant de m'endormir, il faut que mon père m'emporte en pyjama devant la cage et que, quelques minutes, je regarde les yeux jaune soleil dans la nuit d'encre, que je m'avance et que je me perde dans ces yeux-là.

Le loup est mort près d'Arles. J'avais huit ans. On est venu m'en prévenir avec des soins infinis, comme on devait informer un général d'une grave défaite de ses troupes. Je n'ai rien dit. La caravane s'est arrêtée un peu avant Arles, dans une décharge éclairée de coquelicots. Les hommes ont sorti les pelles, c'est moi qui ai guidé le cortège, j'ai choisi le coin le plus ensanglanté de coquelicots, on a creusé un trou, je me suis fâchée avec ma mère, finalement elle a cédé et on a exaucé mon souhait, on a glissé mon pyjama dans le trou, on a enveloppé le loup dedans.

Avant de voir son visage, je sens son parfum. Avant de sentir son parfum, j'entends le bruit de ses pas sur le gravier. Des bruits de grande dame, talons aiguilles, démarche assurée, nerveuse, tip tap, tip tap. Et puis le silence, une odeur de violettes et de tabac blond, un visage qui se penche sur le mien et une voix rauque avec quelque chose de souriant à l'intérieur : qu'est-ce que tu fais là, petite ?

Là, c'est à huit ou quinze kilomètres d'Arles. Mon loup repose en amont de ce village. Peut-être en aval. J'ai marché des heures sans retrouver la décharge aux coquelicots. Je suis partie le soir, après la représentation. J'ai dit à ma mère que, pour cette première nuit après la mort du loup, je préférais dormir chez l'écuyère. Je suis sortie de la roulotte en pyjama — un pyjama neuf puisque l'ancien était sous terre. J'ai embrassé mes parents, descendu les deux

15

marches, refermé la porte lentement pour ne pas réveiller les jumeaux. J'ai fait mine d'aller chez l'écuyère. Personne ne me regardait. Ils étaient tous au lit ou devant la télévision. Je me suis assise derrière la cage des lions et j'ai attendu une heure, deux heures. Pleine nuit. Les lions dormaient quand j'ai pris la route, en chaussons et pyjama. Le cirque s'était installé en périphérie d'Arles, au bout d'un kilomètre j'étais dans la campagne. L'affaire serait réglée en une demi-heure : le temps de dire un dernier au revoir à mon loup et de déposer sur sa tombe une montagne de fleurs et de fruits.

Je n'ai pu, à cause du ciel noir comme cendre, cueillir que des fleurs de fossé, moins éclatantes que celles espérées. Quant aux fruits, je les volais dans les jardins le long de la route, provoquant à chaque fois un concert d'aboiements.

Les morts sont de grands voyageurs. Ils ont besoin de nourriture. Mon loup, je ne voulais pas qu'il mange seulement des coquelicots. Tout ce qui pouvait fleurir sur mon chemin lui redonnerait des forces.

La fatigue est venue par les bras. Mon offrande devenait de plus en plus lourde. À l'entrée du village, les pissenlits, les pêches et les marguerites pesaient du plomb. J'ai décidé une pause, escaladé une haie, je me suis allongée sur le banc de pierre, après un coup d'œil sur la maison : volets clos, pas de chiens, je pourrais sans inquiétude dormir un peu. C'est là qu'elle m'a trouvée.

Qu'est-ce que tu fais là, petite ? Je regarde attentivement son visage avant de répondre. Une grosse dame. Les grosses femmes ont les plus fins visages qui soient. Je regarde les yeux en amande, les joues de porcelaine, je réponds sans entendre ma réponse : je m'appelle Prune. Prune Armandon. Vous pouvez me dire où je suis ? J'ai dû faire comme l'autre soir, je suis somnambule, cela m'arrive souvent, c'est mon père qui me l'a dit, je vis seule avec lui, pouvez-vous le prévenir demain, cette nuit il n'est pas là, il travaille, il est sur la route. Elle sourit, jette un œil aux fleurs et aux fruits entassés sur le banc, près de ma tête, comme un coussin. Mon pyjama la rassure, rend mon histoire crédible. Elle me prend par la main et me fait entrer chez elle. Tu es sûre qu'on ne peut pas joindre ton père tout de suite ? Oui, j'en suis sûre. Mon père est un routier. Il transporte des animaux pour les abattoirs. Ce matin il est parti en Espagne, chercher des taureaux. En ce moment il doit être en Belgique. Demain il sera de retour. Nous habitons la rue des Quatre-Roses, près de la mairie d'Arles. J'ai dû beaucoup marcher dans mon sommeil, je suis si fatiguée, je pourrais dormir chez vous cette nuit ?

C'est l'oiseau qui me réveille. Enfin, je crois que c'est un oiseau. Puis je me dis, un oiseau qui parle allemand, c'est bizarre. L'oiseau c'est Schubert. Schubert volette partout dans la maison. Sans arrêt, dans toutes les pièces. Je sors de la chambre, mon hôtesse me conduit à la cuisine, me prépare un petit déjeuner. J'ai téléphoné à la gendarmerie, j'ai demandé qu'ils préviennent ton père, ils me rappelleront. Elle sent l'eau de Cologne et toujours le tabac blond. Elle parle comme l'oiseau chante : sans arrêt. J'écoute sans écouter, charmée. J'ai déjà remarqué ça : les gens on les aime tout de suite ou jamais. Elle je l'aime tout de suite. Elle est infirmière. Elle revenait d'une tournée quand elle m'a trouvée dans son jardin. Elle fait des piqûres à gauche, à droite, dans la journée, parfois la nuit en cas d'urgence. L'argent des piqûres passe en disques. Toute la maison est équipée : on met Wagner dans le salon et l'or du Rhin inonde aussitôt les chambres, le bureau, le salon, grâce à des haut-parleurs dissimulés dans chaque pièce. Comme ça, dit-elle, je marche, je mange, je dors et je bouge dans cette musique. Les autres ont bien des chats ou des maris à la maison. Moi j'ai Wagner, Ravel ou

18

Schubert. Partout présents et légers comme des chats. Et quand même, j'ai un mari, un vrai, tiens, viens voir. Elle me prend par la main, me conduit jusqu'à une porte entrouverte : une chambre avec un lit très haut, un édredon rouge et sous l'édredon la forme d'un corps. Elle m'invite à entrer dans la pièce. Tu ne le réveilleras pas, il a pris ses calmants, il ne se lève pas avant deux heures de l'après-midi. Je m'approche, j'ai un peu peur. Je vois le visage enfoncé dans l'oreiller. Je reviens vite dans le couloir. L'infirmière me regarde comme si elle m'avait fait le plus beau cadeau du monde. Tu vois, petite, c'est lui qui m'a donné le goût de cette musique. C'était un pâtissier, il est à la retraite maintenant. Je l'ai rencontré dans ma tournée, un de mes premiers malades. Nous avions des métiers semblables : nous prenions soin du monde, lui du côté des rires, moi du côté des larmes. Il souffrait de mélancolie. Tu sais ce que c'est la mélancolie ? Tu as déjà vu une éclipse ? Eh bien c'est ça : la lune qui se glisse devant le cœur, et le cœur qui ne donne plus sa lumière. La nuit en plein jour. La mélancolie c'est doux et noir. Il en a guéri à moitié : le noir est parti, le doux est resté. Mon mari faisait des gâteaux magnifiques, de vraies cathédrales de chocolat. Il continue pour moi parfois. Si tu es encore là cet après-midi, je lui demanderai de nous faire un mille-feuille. Tu

sais, petite, la pâtisserie et l'amour, c'est pareil
— une question de fraîcheur et que tous les
ingrédients, même les plus amers, tournent au
délice.

Je ne comprends pas tout ce qu'elle me dit.
Je ne comprends même rien, j'écoute sa voix
traversée d'oiseaux et soudain j'éclate de rire.
Elle me regarde sans surprise, avec bonheur
même.

La gendarmerie rappelle. Pas d'Armandon
dans l'annuaire, nulle part. Je ne dis rien, je me
renfrogne. L'envie de rester là encore quelques
heures, près des oiseaux allemands. C'est la première fois de ma vie que j'entends ce genre de
musique. Des lieder. C'est vrai qu'on peut se
promener dans cette rumeur-là. On y est libre,
gaie, avec un rien de lune au cœur.

Mes parents se sont enfin aperçus de ma disparition. Un coup de téléphone à la gendarmerie qui leur donne l'adresse de l'infirmière et la
caravane, qui avait déjà pris la route pour une
autre ville, fait demi-tour, arrive dans les rues
du village. On sonne à la porte, mon père entre,
parle dans le couloir à l'infirmière, lui révèle
mon vrai nom, me prend dans ses bras sans un
mot, remercie l'infirmière et me balance dans
la roulotte, toujours sans un mot. Je ne goûterai
pas au mille-feuille du pâtissier mélancolique.

Je ne suis jamais retournée du côté d'Arles. Je sais que les morts ne sont pas dans la mort, je sais que les morts sont dans un monde qui n'est séparé du nôtre que par un mince filet de lumière, je vois parfois passer la tête d'un loup dans le rideau des lumières, je souris, je regarde les yeux jaunes dans la lumière d'or.

Les fugues ont commencé après la mort du loup. C'est ce que prétendent mes parents. Moi je crois qu'elles avaient commencé bien avant. Simplement elles n'étaient pas visibles. Passer des heures à contempler le feu couvant dans les yeux d'un loup, c'est aller jusqu'au bout du monde. Aujourd'hui encore, dans cette petite chambre aux murs blancs, si je veux voyager, je m'approche de la fenêtre et je regarde le ciel longtemps, le plus longtemps possible, jusqu'à y reconnaître quelque chose de la brûlure et de la douceur d'un loup. Les visages de mes amants, je les regardais comme ce morceau de ciel. J'y cherchais la même chose : c'est le loup qui me rassure chez l'homme. Je sais ce qui s'est passé en Pologne dans les années mille neuf cent quarante, mille neuf cent quarante-cinq. Ma grand-mère me l'a raconté : à chacun ses contes de nourrice, à chacun ses Barbe-Bleue. Ce qu'on a fait aux juifs, aux tziganes, aux homosexuels et aux autres, je le sais et que c'est une chose humaine dont aucun loup n'aurait jamais été capable.

Il y a trois grandes races dans le monde : la race nomade, la race sédentaire — et les enfants. Je me souviens de mes frères les enfants, de mes frères les loups, je suis encore une des leurs par le sang et le songe.

Je commence donc à naître vers les deux ans, deux ans et demi, dans le berceau d'un loup. Avant, je ne sais pas, je ne peux pas savoir. Avant, je suis en attente. Les parents s'occupent de moi, me donnent ce qu'il faut de lait, de pain et de rire. Quand je dis « les parents », ce n'est pas seulement le père et la mère. Mon père est un homme à tout faire dans le cirque. Il a les bras musclés, des attaches de poignets très fortes et des ongles noirs : si je veux me souvenir de lui, ce n'est pas son visage qui vient d'abord, mais les bras, les poignets et les mains — tout ce qui lui sert à me porter, guère plus lourde que les gros ballons multicolores qui roulent sous les pattes de l'ours. Il est toujours en sueur, toujours en train de ramper sous le moteur d'un camion, de s'agiter comme un fantôme sous la toile repliée du chapiteau, toujours en train de soulever des caisses, des pneus, des planches. Je suis sa récréation. Quand il est las de soulever des tonnes et des tonnes de matière, il me prend en riant et jette en l'air mon cœur de quelques grammes, me rattrape près du sol et me ranime de baisers délicieusement aigres, imprégnés de sueur. Ma mère, c'est son rire que j'entends. Son rire éclate partout dans le cercle des roulottes. Un oiseau des îles. Oui, c'est ça : le rire de ma mère, d'où qu'il s'élance, remplit aussitôt le monde entier, comme peut le faire le chant d'un oiseau qui d'un seul coup peuple la forêt, de la terre couverte de feuilles brunes au ciel maculé de gris-bleu.

Ma mère est folle, je crois. Je souhaite à tous les enfants du monde d'avoir des mères folles, ce sont les meilleures mères, les mieux accordées aux cœurs fauves des enfants. Sa folie lui vient d'Italie, son premier pays. En Italie, ce qui est dedans, ils le mettent dehors. Leur linge à sécher et leur cœur à laver, ils mettent tout à la rue sur un fil entre deux fenêtres, et ils font l'inventaire plusieurs fois par jour, devant les voisins, dans un interminable opéra de cris et de rires. En apparence c'est gai — en apparence seulement. Les Italiens sont tristes, ils imitent trop la vie pour l'aimer réellement, ils sentent la mort et le théâtre : c'est mon père qui dit ça quand il veut mettre ma mère en rage. Le pays de mon père, j'ignore comment il s'appelle. Le pays de mon père c'est le silence. Mon père c'est tous les hommes quand ils rentrent le soir à la maison. Des taciturnes. Des sans-mot. Mon père est comme un loup : le feu qui coule dans ses veines remonte aux yeux, et rien pour les lèvres.

Ma mère est comme une chatte, comme un moineau, comme du lierre, comme le sel, comme la neige, comme le pollen des fleurs. L'écuyer est amoureux de ma mère. Le clown est amoureux de ma mère. Le dompteur est amoureux de ma mère. Ils sont tous amoureux de ma mère dans cette tribu et elle laisse faire, c'est la meilleure façon de retenir mon père auprès d'elle que ces incendies déclarés alentour. L'amour fait un cercle comme celui du cirque, tapissé de sciure, doux aux pieds nus, lumineux sous la toile rouge gonflée de vent. Le cercle est simple : plus vous êtes aimée et plus on vous aimera. Le truc c'est au départ, pour être aimée une première fois. Il faut surtout n'y pas penser, ne pas le rechercher, ne pas le vouloir. Être folle, se contenter d'être folle, de rire en pleurant, de pleurer en riant, les hommes finissent par venir, attirés par la clairière de folie, séduits par celle qui n'a même pas souci de plaire. Après c'est joué, vous tournez et dansez dans le cercle d'amour, un mari à vos bras pour ne pas perdre l'équilibre, un mari qui roule des yeux partout en silence.

Les deux que je vous montre là, ce n'est qu'une partie de mes parents. Pauvres familles de sédentaires, je vous ai toujours trouvées maigres, si maigres que c'en est une pitié. Un seul père, une seule mère, c'est bien trop juste. Pour accompagner l'enfant dans sa navigation d'enfance, il en faudrait au minimum dix, vingt. Et c'est ce que j'ai eu : quand mes parents ne me convenaient plus, j'allais frapper à la porte du clown ou à celle de la funambule, je me choisissais d'autres parents pour une semaine ou deux. J'ai grandi dans treize maisons à la fois. Si on veut vraiment dater les fugues, il faudrait commencer par là.

J'ai oublié de vous dire mon nom. Eh bien je m'appelle Aurore, voilà, vous savez tout. Non, je plaisante : je m'appelle Belladonne. Et puis aussi : Marie, Ludmilla, Angèle, Emily, Astrée, Barbara, Amande, Catherine, Blanche. Je plaisante, c'est plus fort que moi. Plus c'est grave et plus j'aime rire : c'est l'héritage de ma mère. Les noms c'est grave. Le nom de famille vous tombe dessus à la naissance, de plus en plus lourd avec l'âge, comme la pluie qui bruine et s'infiltre sous les vêtements les plus épais. J'ai très vite appris à inventer mes noms. Cela donnait plus de difficulté aux gendarmes pour retrouver la famille, et à moi cela donnait du temps en plus. Le temps, j'en ai toujours eu besoin pour faire ce que j'avais à faire : rien. Regarder, regarder, regarder. Les hommes qui imaginent m'avoir connue peuvent, s'ils se rencontrent, parler de moi pendant des heures, sans jamais s'apercevoir qu'il s'agit de la même personne : vers chacun je m'avançais avec un nom nouveau, comme on change de robe ou de parfum. Et bien sûr jamais le vrai nom, d'ailleurs qu'est-ce que ça peut être, un nom vrai ? J'ai toujours aimé cette histoire du Christ qui cueille ses amis en passant, qui leur demande leur nom de famille et, avec un culot incroyable, leur dit : maintenant tu t'appelleras comme ça, comme ci. Donner un nom vierge c'est comme transfuser du sang neuf : un acte d'amour, le privilège des amants. Pour vous je choisirai ce nom d'ensemble, je viens de l'essayer au miroir de la page et je trouve qu'il me va : Fugue. C'est le nom le plus proche de mon cœur et puis, entre nous, il permet d'écrire des phrases magnifiques. Imaginez : « La petite Fugue se mit à courir entre les herbes hautes. »

Avec le second métier de mon père, j'ai beaucoup fréquenté les cimetières. C'est même là que j'ai pris goût à la littérature : les dalles mortuaires ressemblent aux couvertures des livres. Même format rectangulaire. Même brièveté des informations données. Et parfois une phrase courte, comme sur les bandeaux rouges des publicités : à toi pour l'éternité. Le titre du livre pour les morts c'est le nom de famille, il est là pour tout résumer. J'ai voulu une vie que l'on ne pourrait pas résumer, une vie comme la musique — pas comme le marbre ou le papier.

Je peux quand même vous confier mon prénom. C'est plus léger, un prénom, on y est plus
à l'aise : Lucie. C'est un prénom qui sort du
mot lumière. Je n'aurai donc fait, en bougeant
sans arrêt, que suivre ma marraine la lumière
dans ses allées et venues infatigables.

J'écris à six heures du matin. L'hôtel est silen-
cieux. Je suis là depuis quinze jours. Je cherchais un endroit où il ne se passe rien. J'ai
trouvé. L'hôtel des Abeilles, près de Foncine-le-
Bas, dans le Jura. J'aime bien les abeilles. Je me
suis arrêtée là pour faire mon miel d'encre, de
solitude et de silence. Ils doivent me chercher
partout là-bas, à Paris. Ils ont dû recevoir un
appel de l'aéroport, pour leur apprendre mon
absence. Le tournage ne pourrait pas se faire
sans moi : c'est ce qu'ils disaient. C'est fou ce
qu'on peut dire comme bêtises pour retenir les
gens — et c'est fou comme les gens croient aux
bêtises qu'on leur dit. Ma chérie, ma douce. Tu
es la plus belle, tu es la meilleure. Tu es indis-
pensable. Et puis quoi encore. Le premier film
avait séduit les critiques. Je n'y avais qu'un
second rôle et ils n'avaient parlé que de moi.
Le second, c'est sûr, serait un succès. Tournage
au Canada. Il n'y aura pas de second. J'ai pris
l'argent du premier, j'ai compté, cela devrait
me suffire pour passer trois ans dans le Jura.
Peut-être quatre. Après je verrai. Je les entends

d'ici. Irresponsable, immature, capricieuse, sale gosse. Le vrai mot ils ne le trouveront pas. Le seul mot qui n'est pas dans leur vocabulaire parce qu'il n'est pas dans leur vie : libre. De six heures à sept heures du matin j'enjambe une fenêtre de papier blanc, je sors et je rentre après avoir embrassé mon loup, après avoir exercé le droit élémentaire de toute personne vivant sur cette terre : disparaître sans rendre compte de sa disparition. Écrire est une variante de ce droit, un peu bavarde sans doute, mais si pratique.

Je ne suis pas seule. Le gros est avec moi. Il me parle, je l'écoute. La chambre est minuscule mais le gros ne prend pas beaucoup de place : il tient dans une cassette et un magnétophone. Le gros c'est Bach. Jean-Sébastien. J'ai toujours rebaptisé ceux qui me donnaient quelque chose, et le gros m'a beaucoup donné dans le milieu de mon âge. Vous avez déjà vu un portrait de Bach ? Avec son ventre rond il me fait penser à une chatte enceinte. Son âme devait suivre son corps. Son âme était grosse comme un ventre de milliers de chatons, il a accouché tout le long de sa vie de milliers de notes. Le besoin de créer est dans l'âme comme le besoin de manger dans le corps. L'âme c'est une faim. Avec le temps j'ai appris à distinguer deux types de créateurs et deux seulement : les maigres et les gros. Ceux qui vont par réduction, amincissement, petites touches : Giacometti, Pascal, Cézanne. Et ceux qui procèdent par accumulation, excroissance, boulimie : Montaigne, Picasso. Et celui-là, Bach, le gros plein de notes. Si je préfère sa musique à toutes les autres, c'est parce qu'elle est délivrée du sentiment. Pas de chagrin, pas de regret ni de mélancolie : juste la mathématique des notes comme le tic-tac des balanciers d'horloge.

Comme la vie qui s'en va dans la vie.

Ma mère commence à muer. Au début je ne vois rien, que la couleur de ses joues : hier laiteuses comme la lune, aujourd'hui roses comme des pêches. Puis ses yeux sont contaminés : une brindille y vole tout le jour, un éclat qui ne ressemble à rien, une petite pierre de ferveur comme quand on attend Noël ou quand on a bu du mousseux à la foire.

Ma chambre dans la roulotte fait comme une niche, située au-dessus de la cabine du camion. Le soir, après la cérémonie du loup, je me glisse dans le lit et je regarde le ciel d'été par une fenêtre ovale, minuscule, découpée dans le plafond. Je connais le nom des étoiles. Je sais aussi leur âge. Quand le clown me l'a appris, je n'ai été qu'à demi étonnée : elles ont cette gaieté qui ne vient qu'aux très vieilles femmes. Je les regarde longtemps, jusqu'à ce que mes paupières se fassent lourdes. Plus je les contemple et plus elles brillent, comme en vertu d'une loi de coquetterie. Je ne vois donc rien d'étrange à cette beauté croissante de l'étoile-mère : admirée comme elle est, elle ne fait que rendre au monde la lumière qu'il lui donne.

Ce qui commence à m'alerter c'est quand la beauté, après s'être accentuée sur le visage, descend dans le corps maternel et se change en lenteur. Lente, ma mère l'a toujours été. Quand elle nous annonçait que nous allions bientôt passer à table, nous savions, mon père et moi, que cela voulait dire : aucun légume n'est épluché, aucune pomme de terre n'a encore été jetée dans la bassine d'eau qui n'est pas encore bouillante, nous mangerons dans deux heures si tout va bien. Mais lente à ce point, je ne l'avais jamais vue. Et surtout grosse : si grosse qu'elle ne peut plus tenir la caisse, vendre les billets — la guérite est trop étroite pour elle. C'est l'alliage de ces deux métamorphoses qui me choque : grosse et souveraine. Lourde et magnifique. Il y a trois éléphants dans le cirque. Deux gros et un petit. Ma mère, j'ai peur qu'elle atteigne la taille du plus gros.

Je sais et je ne sais pas ce qui arrive. À trois ans je deviens comme une maison avec deux chambres : je joue et je réfléchis dans la première. Je me refuse à entrer dans la deuxième, si je me refuse à y entrer c'est parce que je sais très bien ce qui s'y trouve, et je le sais d'autant mieux que cela s'y trouve parce que je l'y jette. Dans la deuxième pièce, dans la pièce du dessous, je jette ce que je vois et qui ne me va pas. Comme par exemple la venue d'un petit frère.

Comment dit-on, déjà : un malheur ne vient jamais seul. Le petit frère arrive, suivi quelques minutes après par un autre. Deux malheurs qui gigotent et dont les braillements, Dieu sait pourquoi, suscitent l'émerveillement de la tribu. Je les appelle Plic et Ploc. Je décide par décret souverain que Plic et Ploc sont admis à séjourner dans mon royaume, à titre provisoire. Les mois passent. J'attends, j'observe. Je suis la femme du loup et la gouvernante de Plic et Ploc. Ils ont changé mes parents mais n'ont pas abîmé le reste qui est à peu près tout : la douceur des mains de la funambule sur mon front, le parfum du chèvrefeuille et le goût des fraises naufragées dans la crème, le murmure des étoiles et la nonchalance de mon loup, le charme rose des villes où l'on arrive à l'aube, non, vraiment, Plic et Ploc n'ont pas trop bouleversé le royaume.

J'ai sept ans, ils en ont quatre. On me les confie pour une heure. Je rameute ma petite troupe. Il y a José, le fils du dompteur, et deux cousines, Clarence et Célia, filles de l'écuyère. Nous conduisons Plic et Ploc à un lavoir, derrière une église. Nous avons décidé qu'il était temps de les baptiser. Les deux petits ouvrent la marche, fiers d'être aux premières loges. Arrivés devant le lavoir nous récitons le début du « notre père » puis nous lançons les jumeaux dans l'eau mousseuse et verte. Mon père arrive aussitôt, deux bras velus qui plongent dans l'eau et retirent deux paquets de linge hurlant, deux mains comme des battoirs qui distribuent des claques à la volée. Le lendemain nous sommes invités à comparaître au tribunal, sous le chapiteau. Les adultes sont assis sur les gradins. On nous met au milieu du cercle et on nous fait la leçon. Arrive la question fatale : qu'est-ce qui vous a pris de les « baptiser », comme vous dites ? La réponse fuse en chœur : c'est le clown. C'est lui qui nous a raconté le baptême de Jésus dans les eaux du Jourdain, et la colombe qui flotte après sur sa tête, on voulait voir la colombe Cinq-Esprit sur le crâne des jumeaux, on attendait sa venue après le bain. Tous les visages se tournent vers le clown, piteux. Une carrière de brillant pédagogue vient à l'instant de prendre fin.

On ne s'arrêtait dans les villages que pour deux ou trois jours, pas le temps de dénicher un curé ni de suivre des cours à l'école : l'enseignement, comme le reste, c'était la famille. C'est le clown qui nous faisait le catéchisme, qui nous disait ce qu'il fallait en connaître pour faire, le jour venu, notre communion en robe blanche, en petite mariée du Jésus. Il nous rassemblait dans sa roulotte, une heure par semaine, en début d'après-midi, et il ouvrait sa Bible. Parfois il était maquillé et il portait son costume de scène. Cela ne me semblait pas drôle, j'avais trop l'habitude de le voir ainsi, et puis les clowns m'ont toujours fait peur — ou plutôt : souci. Oui, j'ai toujours eu du souci pour les clowns, toujours craint qu'ils manquent leur numéro, que les rires ne suivent pas, cela m'apparaissait plus grave qu'une chute du haut du trapèze. C'est violent le numéro du clown, c'est fait que de violences, si on regarde bien : tomber, se relever, tomber à nouveau, pleurer, faire le bête pour attirer sur soi toute la méchanceté du monde et, juste avant qu'elle ne vous écrase, la changer en rires. Je trouvais que ça allait bien ensemble, son habit et les histoires de l'Évangile. Il lisait et parfois il mimait. C'était tellement beau quand il imitait la femme au parfum, avec ses bras souples comme des feuilles d'arbre, ses manches bariolées flottant dans l'air, il nous donnait à voir la chevelure de cette femme, et comment elle s'inclinait devant le Christ, comment elle ramenait sa longue, longue chevelure sur les pieds du jeune homme.

Depuis l'événement du lavoir, plus de catéchisme. Pour ce qui concerne la religion j'en resterais donc là, à cette trinité éblouissante : parfum, pieds nus, cheveux.

À quoi rêvent les petites filles dans leur lit : aux yeux de loup des princes charmants, aux saints fragiles comme des clowns et aux longs, longs cheveux qu'elles porteront un jour.

Cinq heures et quart dans le jour. Je me réveille et m'apprête comme pour une fête. Une toilette de chat, un gant humide sur le visage, je prendrai une douche en fin d'après-midi, un rien de parfum, je passe la garde-robe en revue, j'hésite, me décide pour une robe bleue et je vais vers les pages blanches comme autrefois j'allais vers l'eau, confiante et gaie. Deux, trois phrases pour tâter la température, elle est bonne, et voilà, je rentre dans la blancheur qui m'enveloppe toute, seule la tête surnage, je m'éloigne de la chaise, de la table, l'hôtel n'est plus qu'un point sur la rive, je nage, bercée par la rumeur du stylo sur le papier, par les ondes d'encre noire qui vont, qui viennent.

Je me lève tôt, je me couche tard. C'est le gros qui m'endort et c'est lui qui me réveille. Le sommeil qui manque, je le rattrape dans l'après-midi. Je n'ai jamais su quoi faire des après-midi. Ce qui a changé, c'est le matin. Pendant long-temps je l'ai déserté. Je ne sortais du lit que vers onze heures, au grand effroi de mon père. Ta fille suit ton chemin, disait-il à ma mère. Ma mère était une grosse dormeuse. À l'aube, les oiseaux chantent. Mon père était un des leurs. Je me demande aujourd'hui si cette différence dans les levers n'était pas entre mes parents aussi grave qu'un divorce. J'ai appris ça en écou-tant le gros : le bonheur, ce n'est pas une note séparée, c'est la joie que deux notes ont à rebondir l'une contre l'autre. Le malheur c'est quand ça sonne faux, parce que votre note et celle de l'autre ne s'accordent pas. La sépara-tion la plus grave entre les gens, elle est là, nulle part ailleurs : dans les rythmes.

J'ai toujours reconnu d'instinct ceux qui se lèvent avec le jour, même en vacances, et ceux qui restent pour des siècles au lit. J'ai immédia-tement craint les premiers. J'ai toujours craint ceux qui partent à l'assaut de leur vie comme si rien n'était plus important que de faire des choses, vite, beaucoup. Ma mère était tellement aimée que ce n'était plus la peine d'occuper toutes les heures du jour. Le monde appartient, dit-on, à ceux qui se lèvent tôt. Ils le font bien sentir que ça leur appartient, le monde, ils en sont assez fiers de leur remue-ménage. Mais quand on est aimée, on s'en fout du monde, on a beaucoup moins besoin d'y faire son tour. Ma mère baignait dans un flux d'amour. Ses parents l'avaient célébrée. Les hommes l'admiraient. Elle n'avait rien à prouver, à construire. Elle pouvait bien rester au lit à des heures déraisonnables. Elle ne croyait pas au monde, ma mère, et là-dessus je suis bien sa fille. Elle ne croyait qu'à l'amour et quand on ne croit qu'à l'amour, on n'a pas d'humeur matinale, on reste entre les draps parce que l'amour est là. Ou parce qu'il manque.

Si aujourd'hui je me lève avant les oiseaux, c'est par gourmandise. Je passe du lit à l'encre, c'est pareil, cela donne même repos. C'est comme le gros : il a eu beau écrire des milliers de notes, il ne s'est jamais foulé. Partitas, cantates, sonates, messes, concertos, tout se ressemble et se répète merveilleusement, il n'est jamais sorti de sa nature, il n'a jamais cru ce que chantent les lève-tôt : qu'il faut se faire violence et s'expulser de soi pour aller dans le monde. Le gros n'a pas cessé de dormir en boule, en notes, en airs.

Si on regarde les portraits de Bach, on peut trouver un gros chat mais aussi une baleine.

Quand j'écoute cette musique, c'est comme quand je me glisse dans la baignoire et que je guette, tête sous l'eau, les bruits du dehors.

Ceux qui traînent au lit ou dans la baignoire, ce sont les mêmes. Ils laissent monter jusqu'à leur cœur le chant des baleines bleues, la fugue royale du temps qui passe.

Entre huit et dix ans, j'exerce consciencieuse-
ment mon métier de fugueuse. La caravane ne
part plus sans qu'on ait vérifié ma présence. Les
autres enfants sont chargés de me surveiller.
J'aime bien ce jeu. Il ressemble à la vie. Il est la
vie même : apparaître, disparaître. Les enfants
mentent volontiers quand les adultes les interro-
gent sur mes déplacements. Je leur ai expliqué.
Je leur ai dit que je prenais le maquis. J'ai trouvé
ce mot dans les discours étourdis de vin et d'hé-
roïsme du dompteur, quand il parle de faits de
guerre, en Espagne. J'ignore de quelle guerre il
s'agit, je ne comprends rien sinon que, parfois,
chaque seconde qui passe peut vous amener la
mort ou la joie pure d'y avoir encore échappé
— jusqu'à la seconde suivante où tout recom-
mence. Je décide d'utiliser chaque seconde
comme ça. Utiliser n'est pas un mot heureux :
je décide d'aller d'une seconde à l'autre comme
on saute d'un rocher au suivant, pour traverser

45

une rivière profonde. Éclaboussée, rafraîchie. Jamais noyée.

Je ne parle plus du loup à mes parents. Je ne leur dis rien des oiseaux allemands et de mon désir de traverser d'autres vies, toutes les vies dans toutes les maisons. Ils en déduisent que mes lubies sont passées. Les pires traîtres, ce sont les jumeaux. Ils se sont pris d'affection pour moi et me suivent partout. C'est toute une histoire pour les semer. Je ne veux pas les embarquer dans mes fugues. Je devine que, pour le coup, personne n'en sourirait. La fille dans la nature, ça va, elle est comme ça, on finit toujours par la retrouver. Mais les jumeaux sont au centre d'une adoration que je ne peux affronter sans me mettre vraiment en péril. Quand on me retrouve, mon père me traîne en hurlant près d'une conduite d'eau et me tient la tête sous le jet, longtemps — pour m'apprendre, comme il dit. Je n'ai jamais compris ce qu'on pouvait apprendre à un enfant en faisant tomber sur lui un déluge de cris et d'eau glacée. Si j'emmenais les jumeaux dans mes aventures, je sens qu'il n'y aurait ni hurlements ni douche : que le silence noir de mon père, que son regard fauve et ses lèvres serrées — et ça, c'est pire que tout.

Un jour le clown m'apprend que ma mère éclate de rire chaque fois qu'on lui dit, voilà, la petite a recommencé, elle est partie. Ce rire m'est bienfaisant, me rassure, profondément. Sous l'ombrelle de ce rire, je peux courir long-temps en plein soleil. Les silences de mon père sont des répudiations. Les rires de ma mère sont des permis de séjour.

De huit à dix ans, une demi-douzaine de fugues. Et autant de noms d'emprunt. Au Grau-du-Roi, je m'appelle Irène Pasqueron. C'est un nom qui ne me sert à rien, puisque personne ne me parle. Je traîne deux jours et deux nuits sur la plage. Je me nourris avec les goûters au fond des sacs des baigneurs. Le matin, je dors dans une barque, près du vieux port. L'après-midi, je m'ennuie : vacancier, c'est une profes-sion, pas si facile que ça. Je regarde les familles, les couples. Il y a très peu de solitaires. Les soli-taires n'ont peut-être pas droit aux vacances. Ou bien ils n'ont à se reposer de rien. Je regarde ces gens qui vont par grappes. Je les vois remplir avec méthode les heures du jour et de la nuit, abattre une quantité de nages, de siestes, de courses et de rien aux terrasses des cafés. Je m'ennuie jusqu'au deuxième soir où les gen-darmes m'interpellent après être passés trois fois devant moi. Je leur dis qu'ils se trompent, je ne suis pas perdue, d'ailleurs mes parents et mes sœurs sont là devant, à deux cents mètres, je boude un peu, c'est tout, on s'est fâchés, et je cours rejoindre mes parents provisoires, je prends d'autorité la main de la femme qui me regarde, stupéfaite : ne vous inquiétez pas, j'ai besoin d'une maman pour deux secondes, je vous laisse après. Les gendarmes, de loin, contemplent la fin d'un caprice d'enfant, ils remontent dans leur voiture, s'en vont. Je veux partir à mon tour, mais la dame ne lâche plus ma main, ses filles me regardent craintivement et le père me demande : où sont tes parents, fillette ? Je tends le doigt en l'air, sur les étoiles. Là-haut, monsieur, ils sont là-haut et je vais les rejoindre. Ils lèvent tous la tête, je porte la main de la femme à ma bouche et je mords. Elle hurle, je file vers la plage, déserte à cette heure. Je respire, je chante. Je me baigne sous les étoiles, nue comme elles. Dans l'eau bleu-noir le rivage est bientôt hors de vue et je crains de nager dans la mauvaise direction. Mourir doit ressembler à ça : nager dans le noir et que personne ne vous appelle. Je ne meurs pas, j'attrape un rhume et je rentre au cirque avec les yeux gonflés et le nez rouge.

Le cirque est à Limoges depuis deux jours. Je joue à la marelle près de la cage du lion. Des chants me font tourner la tête : une colonie de vacances. Trois adultes en tête et les enfants en rang derrière, chantant sans harmonie. Puis je vois le discret recul des passants, je regarde mieux : des fous. Ce sont des fous qu'on emmène en promenade. Je sais bien qu'on ne doit pas dire fou mais handicapé mental ou quelque chose comme ça. Mais je préfère le mot fou. Il est plus rapide et il sonne comme doux. Je n'ai pas peur d'eux. Je sais très bien de quoi j'ai peur. J'ai peur qu'on ne m'aime plus — de rien d'autre. Si, peut-être : des araignées. Pour la première peur, je suis rassurée. J'ignore pourquoi mais je suis rassurée, comme ma mère l'est pour elle-même : il se trouvera toujours quelqu'un pour m'aimer. Et s'il n'y a personne, il y aura toujours l'air, le sable, l'eau, la lumière. Je ne serai jamais abandonnée. Je m'approche de la petite troupe. Je vois pourquoi je les ai pris pour des enfants : parce qu'ils n'ont pas d'âge. Des corps adultes avec des têtes d'enfants. C'est drôle, ce mélange. Comme si le temps, celui qui creuse les chairs, accuse les regards, les avait oubliés. Comme si le temps était passé sans eux, sur eux, en les ignorant. Je prends la main du dernier de la colonne, il la serre sans marquer d'étonnement, j'ajoute ma chanson à la leur et voilà, on s'éloigne des roulottes, on est bientôt à la sortie de la ville, on rentre dans un parc, il y a un château au fond. Les rangs se dispersent. Je suis une femme maigre avec une grosse tête de bébé. Elle marche en levant sans cesse les bras au ciel, comme une poupée exaspérée. Elle entre dans le château, traverse un réfectoire où les couverts sont mis, emprunte un escalier, entre dans une chambre avec sept lits. Elle s'allonge sur un lit et lève les bras de plus en plus vite. Je grimpe sur le lit voisin et fais le même mouvement, mais pas avec les bras, avec les jambes. De temps en temps elle me regarde, sans arrêter son manège. La scène dure longtemps, la femme semble infatigable, je me lasse d'une conversation aussi monotone, je sors de la chambre, descend sur le perron. Un garçon rougeaud sonne une cloche, c'est l'heure du dîner. Je vais au fond du parc, je m'allonge contre un tilleul, je regarde. Il y a toujours quelque chose à voir, partout. Une feuille qui descend, une fourmi qui grimpe, un nuage qui se déchire. Je m'endors. À mon réveil le château est peint en noir et le ciel en rouge. J'ai faim. Je m'aventure dans les couloirs, trouve la cuisine. Je n'en ai jamais vu comme ça : énorme, grande comme deux roulottes. Sur le bord d'un évier de zinc, une boîte de confiture grosse comme un pot de peinture. Impossible de l'ouvrir. Je grimpe sur une chaise, fouille les placards qui ceinturent la pièce à mi-hauteur. Rien. De la tristesse me vient, elle se met à côté de la faim, elle ne vient pas du ventre mais des yeux : c'est triste, un local pour une collectivité. Ce qui est fait pour tout le monde n'est fait pour personne. Je continue à chercher. J'ouvre un placard, des casseroles tombent sur le carrelage, en essayant de les retenir je tombe à mon tour, des gens arrivent, ils sont cinq autour de moi, dont celui qui doit être le directeur : quand il parle, les autres se taisent. Il me demande d'où je viens. Je souris, je fais signe avec les mains : faim, soif. Il m'emmène dans son bureau. J'ai de plus en plus faim, je multiplie les gestes pour me faire comprendre. Il me dit : on te donnera à manger, n'aie pas peur, mais puisque tu ne parles pas, tu peux quand même écrire ton nom et ton adresse ? Il glisse une feuille blanche devant moi, j'écris : Rose Lamiante, 27 avenue Leclerc, Limoges. Je ne risque rien à donner cette adresse : j'ai remarqué que presque toutes les villes ont une avenue Leclerc. Je me demande ce qu'il a fait pour ça, Leclerc. Je ne sais pas si j'aimerais avoir une rue à mon nom. Il faudrait que ce soit une rue qui donne sur la campagne, dans les faubourgs, là où les maisons se détachent les unes des autres et fondent dans la nature comme un sucre dans l'eau.

Cette fois, pas de gendarmerie : les jumeaux m'ont vue partir avec les fous, leur description a suffi. Mes parents sont arrivés au château, après être passés dans deux autres établissements psychiatriques de la région. Le directeur les regarde d'un sale œil.

Retour en voiture, la Cadillac rose avec les étoiles peintes sur le capot. Silence de mon père. Silence vite rompu comme une digue. La colère tombe sur ma mère : *ta* fille ceci, *ta* fille cela. Quand mon père est fâché avec moi, je ne suis plus que la fille de ma mère. C'est elle l'unique responsable, la cause de tous désordres sur terre. Devant tant de reproches, ma mère ne sait qu'éclater de rire. À cet instant, comme à chaque fois, mon père hésite entre deux envies : tuer ma mère ou l'embrasser. C'est une hésitation qui ne dure même pas une seconde. La joie de ma mère est trop contagieuse : c'est maintenant une troupe hilare qui arrive près des roulottes. L'enfant prodigue est de retour.

On parle beaucoup aux enfants. On leur parle jour et nuit. On leur parle de leur bien, de leur vie et de leur mort. Surtout de leur mort. L'enfant est celui auquel on annonce jour et nuit sa fin prochaine, certaine, voulue : grandis. Dépêche-toi de grandir. Meurs et laisse-nous entre nous. L'enfance est comme un cœur dont les battements trop rapides effraient. Tout est fait pour que ce cœur lâche. Le miracle est qu'il survive à tout. Le miracle est que personne, jamais, ne puisse dire : voilà, nous y sommes enfin, à tel âge, tel moment, il n'y a plus d'enfant, plus de Mozart, plus de Rimbaud, plus qu'un adulte. Tous les enfants ne sont pas Mozart, mais Mozart est toute l'enfance : une manière de danser sur l'eau, une façon de dormir sur l'abîme. Tous les enfants ne sont pas Rimbaud, mais Rimbaud est toute l'enfance : un goût innocent de la ruse, une joie des ritournelles et des pierres brillantes.

J'ai dix ans lorsque je rencontre Mozart et Rimbaud dans une cage d'escalier, à Créteil. Mozart s'appelle Julien, il a onze ans, il est noir comme mon loup, ses parents viennent de la Martinique, son père n'a qu'un bras, l'autre il l'a laissé à l'usine dans une machine, il touche une pension d'invalide, ils sont sept à vivre dessus le bras manquant. Rimbaud a douze ans, il s'appelle Momo, ni blanc ni noir, doré comme le sable, son père est kabyle, sa mère bretonne, ils tiennent une épicerie de quartier qui fait aussi cordonnerie, quincaillerie, boulangerie et d'autres choses encore, le tout dans une pièce grande comme un timbre-poste.

Après Limoges je ne bouge plus. La province est trop petite. Les chats de gendarmerie me mettent trop vite la patte dessus. J'attends. Je me repose de mes congés précédents. C'est la fin de la saison, l'automne annonce ses couleurs, le cirque va bientôt hiberner, il reste encore un peu de la chaleur d'été, très peu. On arrive en banlieue parisienne, à Créteil. Il me suffit de regarder la barre des immeubles : ces endroits sont voués à la disparition. Ils n'ont même été bâtis que pour ça. Tellement de visages et personne pour les voir. Tellement d'enfants et personne pour les apprivoiser. C'est le terrain idéal pour une fugue.

Le chapiteau du cirque, rouge sang, attire la marmaille des immeubles. On est là pour trois jours, deux représentations. Les enfants viennent flairer l'odeur des bêtes, toucher l'or des costumes, contempler ce mélange de gloire et de misère que sont tous les cirques. Ils s'enhardissent, circulent entre les roulottes, entrent dans celles qu'on néglige de fermer à clef, s'attroupent pour nous regarder manger, faire la lessive.

Mozart-Julien, je le repère tout de suite. Il ne parle presque pas, il siffle. Ou plutôt : il roucoule, il pépie, il chante. Il peut imiter des dizaines de bruits d'oiseaux sans en avoir jamais vu un seul. Une cassette, *Les chants d'oiseaux d'Europe,* a bercé sa petite enfance. Un de ses frères l'avait « trouvée » dans une voiture. Ses parents la lui faisaient entendre pour l'endormir. Depuis il est devenu un roi de l'imitation. Il a toute une gamme de trilles, de la colère à la parade nuptiale.

Rimbaud-Momo, lui, il parle. Il parle même très bien et beaucoup. Il trouve ses mots dans les journaux et vieux livres jetés aux poubelles. Il est en train de lire une biographie de Marilyn Monroe, une blonde qui s'est tuée parce qu'on ne l'aimait pas — ou trop, précise-t-il sentencieux, reprenant sans doute la formule d'un journaliste. Il est très impressionné quand je lui dis mon prénom : Marilyn.

Les deux garçons ne se quittent jamais.
Quand je vois l'un, j'entends l'autre. C'est nor-
mal, Rimbaud, Mozart, c'est de la même famille,
même groupe sanguin, même génie de la vie
qui va sans but, même joie sans fin.

Je raconte mes fugues à Julien. Elles l'intéres-
sent moins que la vie du cirque qui, pour moi,
est banale : les lions et les fournaises des projec-
teurs, la trompette du clown et l'odeur du crot-
tin me sont aussi familières que, pour lui, les
chats, la lumière bleutée de la télévision et les
relents de chou-fleur sur le palier. Momo
m'écoute mieux. Écouter c'est quand on aime.
L'histoire de mes fugues et surtout mon prénom, la magie de mon prénom, amènent au
cœur de Momo l'amour de moi. La veille du
départ du cirque, je leur demande de m'aider.
C'est simple : à Créteil on a des maisons pour
ceux qui n'en ont pas. Il y a les parkings souter-
rains mais c'est trop noir et dangereux. Les
caves c'est mieux, on en occupe une, on y va
après l'école et pendant l'été, à la fraîche, personne ne sait à qui elle est, alors elle est à nous,
depuis un an, c'est notre cabane, deux chaises,
une table, un transistor, un sommier, des bou-
gies, tout le confort, si tu veux c'est à toi.

Le lendemain je pars avec le cirque, après
qu'on s'est assuré de ma présence endormie au

fond du lit, dans la roulotte. Ma mère est dans la cabine du camion, aux côtés de mon père. Je me suis mise au lit tout habillée, j'ai préparé un sac, au premier feu rouge, je sors, je reviens en courant vers les immeubles, un chant d'oiseau me souhaite la bienvenue, cinq minutes après je suis chez moi sous des tonnes de béton.

Je ne vais dans la cave que pour dormir. Julien et Momo m'escortent vers les dix heures du soir, chacun une lampe de poche à la main, car dans ces immeubles la lumière est capricieuse, fantasque. C'est du moins ainsi que je pense. La plupart des habitants de l'immeuble sont au chômage et je ne sais pas encore que, pour les pauvres, tout fait l'objet d'une soustraction, même les biens élémentaires, surtout les biens élémentaires : le pain, mais aussi l'eau et la lumière. Si on pouvait, on leur ferait payer l'air qu'ils respirent. Pour l'heure je suis une reine, servie par deux chevaliers. Ils ont volé des couvertures, des draps et des bibelots dans leurs familles. Ils m'ont fait une maison de rêve. Quand on vous aime c'est quand on vous offre une maison sur terre. La maison ce n'est pas une question de pierres mais d'amour. Une cave peut être merveilleuse. Dans celle-ci je trouve un sommeil d'eau et de liane comme celui que me donnait mon loup, du temps où lui et moi on bavardait. Pour la nourriture,

Momo dévalise la boutique de ses parents et parfois Julien m'invite chez lui, où personne ne me demande d'où je viens et où j'habite : quand il y en a pour sept, il y en a pour huit.

Le jour et une partie de la soirée, je suis dehors, comme tous ceux qui vivent là. À taper dans un ballon, à courir dans un terrain vague, je suis invisible, je sais que je suis invisible : impossible de reconnaître un enfant parmi des dizaines d'autres, autant distinguer une vague entre toutes les vagues. L'enfance recouvre toutes différences dans une seule rumeur innombrable et fuyante, océane.

Je suis si heureuse que je ne compte plus les jours, jusqu'à la catastrophe. La catastrophe porte trois noms : pluie, école, amour. La pluie chasse les enfants des jardins publics. On m'invite bien ici ou là pour un après-midi, mais je dois séjourner plus longtemps dans la cave. Je lis les magazines apportés par Momo. Des histoires de reines et de sportifs. L'école produit le même désastre que la pluie : elle éparpille les oiseaux de mon âge, vide la terre à heures fixes. L'amour enfin : Momo veut se marier avec moi. Il me fait sa demande une nuit d'orage. Il est deux heures du matin quand sa main, caressant légèrement ma tempe gauche, me réveille. Julien est derrière lui. Les deux garçons sont habillés en dimanche. J'ai quelque chose à te dire, Marilyn, c'est Julien qui va te le dire pour moi. Et Julien se lance dans un récital d'une demi-heure où je reconnais le chant du rouge-gorge, celui de l'alouette, mêlés à d'autres que je n'ai jamais entendus. Tous les oiseaux d'Europe me font la cour. Maintenant Julien s'en va, Momo s'assied sur une chaise, je reste allongée dans mon duvet et Momo fait comme les personnages de ses romans-photos : il parle. Il parle de l'avenir que nous connaîtrons, des prénoms de nos enfants et des dragons dont nous saurons venir à bout, dragons de l'argent et de l'habitude. De temps en temps il interrompt son discours pour se pencher sur moi et me donner un baiser dans le cou, là où c'est frais. Je ne dis rien. Je ne bouge pas. Je me sens au chaud comme dans un rêve. Je souris un peu, juste assez pour ne pas me réveiller. Un dragon imprévu surgit dans l'encadrement de la porte : la mère de Momo en robe de chambre, suivie par le concierge et un policier. La première rencontre avec ma belle-mère est plutôt froide.

On recherche les parents de Marilyn. Quand ils arrivent au commissariat, ils nous trouvent, Momo et moi, assoupis sur nos chaises, ma tête contre l'épaule droite de Momo. Ce n'est pas la rage de mon père qui me blesse. Elle était prévisible, incluse dans les frais. Ce ne sont pas non plus les yeux rougis de ma mère. C'est la tête de Momo quand il apprend que Marilyn ne s'appelle pas Marilyn. Je le vois bien dans ses yeux : de reine, je passe à l'état de souillon.

Il y a une papeterie dans le centre-ville, à cinq cents mètres de l'hôtel. Elle est minuscule. Quatre stylos, deux images pieuses et trois livres poussiéreux en vitrine. Je pourrais entrer dans la grande librairie en face, mais non, je préfère celle-là : là où il y a moins, je trouve plus. Je viens d'acheter, en même temps qu'une rame de papier blanc, une reproduction d'une peinture de Turner. Je ne l'aurais sûrement pas remarquée dans la grosse librairie. Un paysage de bord de mer. Un mélange de lumières, les unes boueuses, les autres aériennes. Cette image est parfaite. Je l'ai appuyée contre le mur, sur la table. Elle me sert de miroir.

Quand la lumière, la vraie, celle que les peintres désespèrent d'attraper, glisse chaque matin entre les fentes des volets, elle vient rayer le mur au-dessus de ma tête, dans le lit. Ouvre, elle me dit, ouvre vite, il y a une surprise pour toi. La surprise c'est un jour de plus, différent de tous les autres. J'ai l'œil aiguisé sur les détails, je sais voir les petites singularités, je ne sais même voir que ça. Ces fleurs, par exemple : aujourd'hui je n'ai pas écrit, je suis allée me promener dans la forêt où j'ai trouvé ces fleurs rouges. Je les ai cueillies parce que leur teinte me rappelait celle du ruban que la funambule portait dans ses cheveux. Je ne supporte pas longtemps une chambre où il n'y a pas de fleurs fraîches. Les plantes, c'est autre chose. Une plante dans une pièce diffuse une présence conjugale trop assurée, un peu trop lourde à mon goût.

L'événement de ces fleurs, c'est suffisant pour une journée. Peut-être trouverez-vous triste une phrase comme ça, eh bien dans ce cas je vous plains. Car ces fleurs parlent et chantent. Elles peuplent ma chambre aussi gaiement que Bach. Elles n'ont d'ailleurs pas trop de mal : le gros s'essouffle en ce moment. Il faudrait que je change les piles du magnétophone. Rien ne presse. J'ai toujours été plutôt nonchalante avec ce qui se détraque. Je pouvais mettre plusieurs semaines avant de fixer une étagère, changer une ampoule ou écrire une lettre de rupture. Le gros attendra. Sa conversation ne me manque pas trop, elle est remplacée par celle des fleurs : de jeunes bohémiennes en robe rouge, bavardant pieds nus dans l'eau.

Je n'écris pas avec de l'encre. J'écris avec ma légèreté. Je ne sais si je me fais bien entendre : l'encre, je l'achète. Mais la légèreté, il n'y a pas de magasin pour ça. Elle vient ou ne vient pas, c'est selon. Et quand elle ne vient pas, elle est quand même là. Vous comprenez ? La légèreté, elle est partout, dans l'insolente fraîcheur des pluies d'été, sur les ailes d'un livre abandonné au bas d'un lit, dans la rumeur des cloches de monastère à l'heure des offices, une rumeur enfantine et vibrante, dans un prénom mille et mille fois murmuré comme on mâche un brin d'herbe, dans la fée d'une lumière au détour d'un virage sur les routes serpentines du Jura, dans la pauvreté tâtonnante des sonates de Schubert, dans la cérémonie de fermer lentement les volets sur le soir, dans la fine touche de bleu, bleu pâle, bleu-violet, sur les paupières d'un nouveau-né, dans la douceur d'ouvrir une lettre attendue, en différant une seconde l'instant de la lire, dans le bruit des châtaignes explosant sur le sol et dans la maladresse d'un chien glissant sur un étang gelé, j'arrête là, la légèreté, vous voyez bien, elle est partout donnée. Et si en même temps elle est rare, d'une rareté incroyable, c'est qu'il nous manque l'art de recevoir, simplement recevoir ce qui nous est partout donné.

Quand il est au début de son travail, je le vois de loin, je cours vers lui en agitant bien haut le livret où sont consignées mes notes, avec l'écriture de chaque professeur. Des chiffres et des mots qui lui parlent de sa fille comme d'une étoile promise aux plus hautes destinées, une comète dans le ciel gris du savoir. Parfois je ne le trouve pas. Je reviens à la maison demander à ma mère s'il est bien là-bas et devant sa réponse positive, je retourne et marche plus lentement jusqu'à le découvrir, englouti dans une tombe qu'il creuse de ses bras puissants, jetant des pelletées de terre toutes les dix secondes jusqu'au ciel. Quand il me voit il s'interrompt, enfonce sa pelle dans la terre luisante, allume une cigarette et me dit : je t'écoute, petite — et j'annonce les notes récoltées ce trimestre en latin, en anglais, en français. Que des notes brillantes comme des pierres précieuses, des quinze, seize, dix-sept sur vingt. Les commentaires des professeurs sont enthousiastes. Deux points faibles, deux ombres fines : en mathématiques et en sciences naturelles. Ce sont les deux seules notes qu'il relève, les deux seules sur lesquelles il me fait une remarque. Puis, sans un sourire, il empoigne sa pelle et creuse, creuse et jette, jette et creuse. C'est l'effet que me font ses paroles sans miséricorde : elles creusent dans mon âme et elles en extraient chaque fois, chaque fin de trimestre, un peu de bonne terre, un peu de joie. Ce trou-là, on dirait qu'il est sans fond.

Les larmes qui viennent dans mes yeux, il ne les voit pas, je ne lui fais pas cet honneur, je les ravale et les laisse aller dans la cuisine où ma mère m'attend. Elle m'entoure de ses bras, me presse contre ses seins comme la petite fille que je ne suis plus. J'aimais mieux les consolations d'avant, quand elle portait ses longs cheveux : dans ce geste pour me serrer contre elle, ses cheveux ruisselaient sur mon visage comme une eau douce.

Plus tard je saurai — mais je sais déjà : mon père est atteint d'une maladie grave. Il y a plusieurs maladies dans la vie. Ma mère, par exemple, c'est la maladie de ne rien prendre au sérieux. C'est une maladie bénigne, qui n'atteint aucune fonction vitale. Mon père, lui, c'est une maladie incurable, celle de la perfection. Tout doit être fait au mieux et le mieux ce n'est jamais ça, jamais, jamais. C'est un mal éprouvant pour l'entourage. Au bout d'une année j'ai compris, je ne me précipite plus vers lui, je laisse traîner mon carnet sur le buffet et je n'écoute plus ses commentaires, c'est impossible d'écouter ce qu'on sait à l'avance. Je rejoins le camp de ma mère : devant tant d'aveuglement, j'éclate de rire.

Beaucoup de changements en peu de temps : les cheveux de ma mère qui glissent sous les ciseaux du coiffeur, la foudre de l'internat qui me tombe dessus et le cirque qui s'éloigne, tout ça en deux jours.

Mes parents sont debout dans la roulotte du patron. Je suis derrière eux, assise dans un fauteuil d'osier. Pour une fois, ce sont mes parents qui ont l'air d'être en faute : mains dans le dos, pieds qui sautillent légèrement, voix mal placées. Le patron est d'origine polonaise. Il ne parle pas le français, il l'avale. C'est compliqué d'accorder les temps, de conjuguer les verbes : il a choisi de ne prélever dans cette langue impossible que les infinitifs. Il sort quatre verres de son bar. Un jus d'orange pour moi, pour eux de la vodka aux herbes. Vouloir glaçons ? Non, personne vouloir glaçons. Alors comme une brute, il va droit au fait : premièrement l'automne, vite l'hiver, donc moins besoin personnel. Deuxièmement la fille, partir toujours, gendarmes toujours, pas possible continuer, image cirque pas bonne. Troisièmement argent, moins d'argent dans caisses, besoin dompteur, funambule, clown, moins besoin vous, donc licenciement, pas m'en vouloir.

Mais non, pas t'en vouloir : deux heures après cet entretien, mon père lit une annonce dans le journal. La ville où le cirque doit se rendre cherche un fossoyeur. Bon salaire, logement de fonction attenant au cimetière. Le lendemain mes parents quittent le commerce de la fête pour celui du deuil. Les gens du cirque nous aident à transférer nos affaires dans la maison couverte de vigne vierge. Un grand jardin, une cheminée, un escalier en spirale pour aller du salon aux chambres, une vue sur la forêt derrière les tombes, bref, le bonheur — malgré l'incertitude de mon sort : l'internat est supposé réduire mes fièvres de fugueuse, mais il n'y aura plus, pendant un temps, que le salaire de mon père à la maison, et l'internat, ça coûte cher. Mes parents se renseignent, la mairie leur accorde une allocation, début octobre je monterai dans un bus pour le collège Sainte-Agnès, à trente kilomètres d'ici. Mon père m'explique : on me met à l'épreuve, pour un an. Je ne rentrerai qu'en fin de trimestre à la maison. Le samedi et le dimanche, je serai en pension chez une dame — l'internat appelle ça : une marraine — qui se fait quelques sous en accueillant pour les week-ends une pensionnaire trop éloignée de sa famille. Trente kilomètres, je ne savais pas que c'était aussi loin. Mes parents me regardent. Ils attendent la révolte, l'accablement ou, au moins, l'étonnement. Ils ne récoltent qu'un sourire.

Je viens de comprendre quelque chose, une chose capitale, une révélation si on veut. Je viens de comprendre que personne, jamais, ne me contraindra en rien. Personne. Jamais. En rien. L'internat, on verra bien. J'ai trouvé ma méthode. Elle est simple. Elle vaut pour l'internat comme elle vaudra plus tard pour un mariage, pour un métier, pour tout. Ma méthode c'est : on verra bien.

Je débarque au collège sous des trombes d'eau. Le chauffeur du bus m'a indiqué la direction : c'est à trois cents mètres d'ici, en courant vous aurez une chance de n'être pas trop mouillée. Je ne cours pas. Je marche très lentement, je regarde le portail, l'allée, les grands arbres, je me penche au-dessus des flaques d'eau, je fredonne une chanson de quatre sous. L'eau du ciel me met en joie et la joie, d'où qu'elle vienne, je la prends toute. Cheveux, vêtements et pensées, rien de moi ne reste au sec. Le collège est un ancien bâtiment de ferme, du dix-huitième siècle. Des pierres blondes ceinturées d'herbe verte. Dans l'aile gauche, les dortoirs. Dans l'aile droite, les logements des bonnes sœurs. Au centre les salles de classe et, dans le milieu de la cour, une chapelle minuscule, on dirait la guérite d'un soldat. La maîtresse de maison y repose sous une cloche de verre. Elle a cent deux ans. Sainte Agnès — sœur Bulle, comme l'appellent les filles — est morte au Gabon, il y a soixante-dix ans. Elle avait trente-deux ans. Qu'est-ce qu'une religieuse pouvait faire au Gabon, mystère. La version officielle, c'est : le bien. Cette version ne fait qu'épaissir le mystère. J'ignore ce que c'est, faire le bien. On m'a souvent parlé « pour mon bien » et cela me rendait sourde, mais ce n'est sûrement pas la même chose. À moins que ce ne soit simplement ne pas faire le mal — et ce serait déjà beaucoup. La sœur principale qui m'accueille a un visage enfantin. Elle m'invite à saluer la jeune sainte. Elle m'en parle comme on présente un grand malade, à voix basse, avec des précautions dans les mots, sauf pour soulever un détail, là sa voix devient plus forte, pleine de fierté : l'absence de putréfaction, que je peux constater, serait un des signes évidents de sainteté. Exhumée huit ans après sa mort, la religieuse présentait des traits indemnes de toute corruption, lisses, et un sourire était même monté à ses lèvres, un sourire qui n'y était pas auparavant, comme en témoigne le portrait peint juste avant la mise en bière. Moi, je veux bien. Je n'ai rien à dire devant tant d'adoration, et mon allure désastrée — je suis trempée des pieds à la tête, mes cheveux pendent sur mon crâne comme de la filasse et je sens l'odeur du vieux chien mouillé — ne m'autorise pas à douter de la sainteté de qui que ce soit. Mais je pense à mon père et à ce qu'il m'a appris dans son travail. Un jour, je le vois dans le fond du cimetière avec un visiteur. Je m'approche : le visiteur est un jeune homme des années trente, sorti de son cercueil pour être mis dans la fosse commune, la famille n'ayant pas renouvelé la concession. Un assez beau gars, barbu avec lunettes, intact, sec comme un bout de bois. Le temps de fumer une cigarette, mon père l'a mis debout, bien calé contre une croix. Il me dit que c'est assez fréquent de découvrir des corps aussi bien conservés, que cela dépend de la nature du sol. Parfois le plus léger heurt de la pelle les fait tomber en poussière. Peut-être est-ce pour ça qu'on a mis sœur Bulle sous du verre. La sainteté, c'est fragile.

Les filles sont envoyées dans ce collège par des familles excédées. Et les bonnes sœurs y sont en pénitence : le couvent dont elles dépendent a choisi d'éloigner les plus mélancoliques en les affectant ici, à des postes d'encadrement. Du coup, ce petit monde s'entend très bien : entre orphelines, on s'arrange.

Quinze filles par dortoirs, quatorze regroupées autour de mon lit jusqu'à deux heures du matin pour m'entendre raconter des histoires de cadavres, la plupart inventées. Les récits de fugue ou de résurrection nous épuisent et, de huit à dix heures du matin, les professeurs ont devant eux des modèles de sagesse. Après dix heures, la voix ensoleillée d'un professeur de français nous réveille. Racine, La Fontaine, Pascal, Montaigne et les autres sortent des caveaux de la grande littérature pour entrer dans nos cœurs d'adolescentes.

Les semaines passent, les mois, les années. Je suis une élève exemplaire, sauf pour les sciences et les mathématiques. J'ai peu de goût pour la langue des savants et des experts-comptables. Je préfère le doux parler des anges, le bruissement des alexandrins et le son rocailleux du latin. Je ne fais plus de fugues, j'ouvre des livres. Je ne m'invente plus de nom et je n'ai menti que sur un point : j'ai prétendu être juive pour échapper aux cours d'instruction religieuse. Ce n'est pas vraiment mentir. Juif, c'est un nom de loup.

Pendant mon absence les jumeaux ont inventé un nouveau genre de catastrophe : ils échangent leurs vêtements, leurs prénoms, et jouent des tours aux commerçants. Ma mère entre dans les boutiques comme elle entre partout, précédée par son rire. Elle explique : mes enfants, j'en ai trois, n'ont jamais su tenir en place. La grande partait au bout du monde, les jumeaux mélangent leurs noms, que voulez-vous, c'est mon destin, j'ai engendré des âmes errantes. Et elle rit de sa formule, sans voir qu'elle est seule à y trouver une drôlerie. Mon père, lui, s'assombrit. Je le vois bien. Je sais que les morts n'y sont pour rien. Il les manie comme hier les caisses, les cordes et la bâche du chapiteau. Ce qui l'ennuie, ce sont les vivants, et plus particulièrement l'un d'entre eux qui se rend un peu trop souvent à la maison. La situation est simple : ma mère a trouvé du travail chez un fleuriste. Et le fleuriste a trouvé ma mère. Dans le cirque, ils étaient une dizaine à rôder autour de ma mère. À présent il n'y en a qu'un seul. Je regarde, de loin. De trois mois en trois mois. Dans les livres que je lis, il y a plein d'histoires comme ça. Dans un poème de Paul Eluard, je viens de trouver ma mère, du moins son reflet. C'est un très beau poème. J'ai dix-sept ans et j'aimerais bien qu'un jour un homme écrive pour moi ce genre de choses :

> *La vérité c'est que j'aimais*
> *Et la vérité c'est que j'aime*
> *De jour en jour l'amour me prend première*
> *Pas de regrets j'ignore tout d'hier*
> *Je ne ferai pas de progrès*

Mon cœur, entre dix et dix-sept ans, un vrai courant d'air : on y entre, on en sort. Dans un carnet, je tiens la liste des passages.

Élisabeth Granville. C'est une des rares filles à ne pas rentrer chez elle les fins de semaine. Nous avons la même marraine. Élisabeth Granville est un petit miracle : plus elle fait provision de mauvaises notes, et plus les professeurs lui sourient. C'est le genre de fille dont on aime la santé, une hirondelle égarée dans une salle de classe : posée sur une chaise, ses ailes repliées, elle guette le printemps, l'ouverture en grand des fenêtres. Je lui fais ses rédactions, je l'aide aux examens. En échange elle reste à mes côtés, dans le dortoir, à la cantine, en classe, partout. Cette fille, rien que d'être à côté d'elle, je me sens bien, légèrement ivre. J'aime sa peau blanche, ses yeux verts, ses longs cheveux noirs, sa manie de dire toutes les vérités, même celles qui ne l'arrangent pas. Les rumeurs de l'amour affolent les adolescentes que nous sommes, presque aussi recluses que sainte Agnès dans sa bulle. Nous parlons beaucoup des garçons. Élisabeth Granville est la seule à en avoir vu de près, de si près que, dit-elle, « j'aurais pu être mère ». Cette confidence nous impressionne : au collège, nous avons donc une sorcière en même temps qu'une sainte.

Sœur Adrienne. On murmure à son sujet une histoire rose et noir comme la vie, parfois, se permet d'en écrire. Un amoureux, longtemps attendu, longtemps espéré, décapité dans un accident de voiture, le jour où il allait lui faire sa déclaration. Pendant une semaine, à l'aube, sœur Adrienne se rendait sur les lieux de la catastrophe et contemplait longuement chaque détail du paysage. À la fin de la semaine, elle découvrait la bague de fiançailles dans un fossé — de l'or blanc dans un écrin d'orties vertes. Le soir, elle entrait dans une église de campagne et glissait la bague au doigt d'une vierge en plâtre. Un mois plus tard elle cognait à la porte d'un couvent. J'aime beaucoup cette histoire. Elle ressemble à celles que je trouvais dans les yeux de mon loup. Sœur Adrienne est la personne la plus douce qui soit : jamais un mot plus haut que l'autre. Quand elle nous surprend dans nos bavardages nocturnes, elle ne nous fait aucun reproche, elle nous regarde en souriant, accepte un bonbon ou une tartine de pâté, un verre de cidre — nous organisons souvent des pique-niques avec les provisions que les filles ramènent de chez elles, le lundi — puis elle repart, aussi furtive dans ses départs que dans ses venues : nous ne l'entendons jamais arriver comme si, au lieu de marcher, elle glissait à quelques millimètres au-dessus du sol, deux petites ailes battantes cachées sous sa robe de coton gris.

Maryse Nonchalon. C'est notre marraine. Elle nous loge, Élisabeth et moi, du vendredi soir au lundi matin. Elle est jeune encore — ou plutôt, pour nos yeux de jeunes filles, elle n'est vieille que de quarante ans. Elle a été une des premières pensionnaires de Sainte-Agnès, depuis elle s'est mariée, elle a divorcé et elle vit en donnant des cours de chant. Elle nous laisse une liberté entière, intransigeante seulement sur les horaires des repas et l'absolue nécessité de nous laver les mains dès que nous rentrons chez elle. Elle-même prend plusieurs douches par jour, ce qui nous fait rire : madame Nonchalon, à force de vous laver, vous allez fondre comme du savon. Elle rit à son tour. Il y a très peu de gens qui savent rire de leur folie. À part son obsession de l'hygiène, Maryse Nonchalon est tout à fait imprévisible. Elle nous raconte que son divorce s'est joué sur une seule intonation : mon mariage a duré trois ans, jusqu'au jour où des fausses notes sont apparues dans la voix de mon mari. Pas vraiment des mensonges. Pire que ça : des zones froides qui s'étendaient dans sa manière de me parler. Tout s'est décidé sur un rien, un agacement parce que je mettais trop de temps pour m'habiller avant d'aller dîner chez des amis. J'ai aussitôt su que c'était fini. Je me suis dit que la vie était brève et qu'il n'y avait aucune raison de la passer auprès d'un aussi médiocre chanteur. Je n'avais pas grand-chose à lui reprocher — que cette voix d'où la douceur était partie, où ne restait qu'une familiarité distraite. Un détail en somme, mais l'amour réside dans les détails, nulle part ailleurs. Vous êtes jeunes, mesdemoiselles, vous êtes mignonnes. Bientôt vous sortirez de la forêt des études et vous entrerez dans la clairière de la vie. Vous y danserez, vous y pleurerez. Vous y perdrez et vous y gagnerez tout, parfois dans le même instant. On peut tout donner dans cette vie — donner étant la plus charmante façon de perdre, tout sauf une chose. Ce que je vous dis là me vient de ma grand-mère, quelques heures avant sa mort — une femme de la campagne, la seule communiste de son village, les cendres étaient tombées sur elle toute sa vie, un enfant handicapé, un autre mort en camp de concentration, des maladies, des misères comme s'il en pleuvait, un jour, j'avais alors douze, treize ans, je lui ai demandé : mémé, qu'est-ce qu'il y a de plus important dans la vie ? Je n'ai pas oublié la réponse : une seule chose compte, petite, c'est la gaieté, ne laisse jamais personne te l'enlever. Elle disait : gaieté. Je suppose que les religieux diraient : joie. Mais ma grand-mère ne fréquentait pas ces gens-là. J'ai depuis vécu sur cette parole. Au fond, mon mari n'a jamais su la vraie raison de notre séparation. C'était pourtant simple. Quand je me suis mariée, la gaieté était dans mon cœur. Si j'ai divorcé, c'est parce qu'elle menaçait d'en partir.

Bastienne Ormin. Une cousine d'Élisabeth. C'est pour elle que nous organisons des fêtes dans le milieu de la nuit. C'est un des rares moments où elle grignote quelque chose. Bastienne est anorexique, elle se nourrit du pain des anges : rien, du vide. Ses parents sont des fermiers. Chez eux on ne parle pas, on mange. Ce qu'on ne dit pas, on l'engloutit. Sa mère passe des matinées dans la cuisine à découper des poulets, désosser des lapins, remuer des sauces au vin, cuire des tartes aux poireaux et des gâteaux de riz. Je suis invitée chez eux et j'en ressors malade. Ma mère ne m'a pas habituée à de tels festins — des meurtres plutôt que des repas : trois, quatre heures à table, et la mère de Bastienne parfaite dans le rôle de l'as-

sassin, insupportable de prévenance, malfai-
sante par bonté : mangez, mais mangez donc,
on sait ce que c'est, à votre âge on a toujours
faim, reprenez-en.

Ce sont les quatre premiers noms de ma liste.
Il y en a d'autres. Aucun n'est connu de mes
parents. Parce que je la quitte régulièrement,
j'apprends ce que c'est, une famille : cela tient
de la source et de l'eau croupie. Passé un cer-
tain temps, l'enfant ne peut plus qu'en partir :
il lui est devenu impossible de s'y faire entendre
— parce qu'on le connaît trop et parce qu'on
ne le connaît plus. Que savent mes parents de
mon cœur de dix-sept ans ? Presque rien. Il me
faudrait leur parler de ces visages venus du
dehors et qui m'éclairent autant qu'une famille.
C'est impossible, bien sûr.

Mon père me presse de choisir un métier. Ma
mère lui répond que j'ai bien le temps et le fleuriste — il est présent à tous les repas, comme
une greffe, une bouture sauvage qui a pris —
approuve ma mère. Je ne les écoute pas, je les
regarde. Père, mère, fleuriste. Celui qui enrage,
celle qui danse et celui qui espère. Je ne peux
pas regarder et écouter en même temps. Les
mots disent une chose, les présences en disent
une autre. Oui, vraiment, il est temps de partir,
d'aller dans le vaste monde qui brûle et fleurit.

J'ai oublié Roman sur la liste. Roman Kervoc. Ce n'est pas vraiment un oubli. C'est le nom du garçon avec qui j'ai couché pour la première fois dans le lit à baldaquin de Maryse Nonchalon, absente pour trois jours. Son neveu, un étudiant en droit de vingt-deux ans. Je n'ai rien à en dire de drôle, d'émouvant ni même de méchant. Roman est un gentil garçon, appliqué au lit. Élisabeth me dit que j'ai de la chance, que la première fois est toujours éprouvante de maladresse et qu'elle vous laisse un mauvais goût. Eh bien, j'ai de la chance : Roman n'est pas un goujat. Cela dit, je ne comprends plus pourquoi cette vague agitation des corps occupe tant les esprits. L'amour physique est un tout petit secret — pas de quoi en faire un mystère.

Quand même, j'avance. Je sais maintenant que l'on peut faire des choses sans comprendre pourquoi on les fait : Roman, ce n'est rien dans ma vie, presque rien. Et c'est avec lui que je choisis d'aller dans le vaste monde qui brûle et fleurit. Fin juin, il m'emmène chez ses parents où nous passerons une partie des vacances. Début août, nous irons à Paris. Ah, Paris.

Voilà un jeune adulte aussi perdu qu'un nouveau-né, vingt-deux ans de retenue et de sagesse qui fondent devant ma chair rose et nue, un père notaire, une mère au grand cœur, avocate spécialisée dans la défense des clients insolvables, une petite enfance bien formée dans ses manières de s'asseoir à table et de ne jamais parler de soi plus qu'il n'est convenable, des études pour devenir notaire comme papa et grand-père, vingt-deux ans d'obéissance et de raison qui se pulvérisent à mon contact, les livres de droit qui se couvrent de poussière, les joues où on laisse venir une méchante barbe de hérisson, pauvres parents Kervoc, allez donc vous sacrifier pour vos enfants, vraiment ce n'était pas la peine.

Maryse Nonchalon assiste, ravie, aux progrès du désordre. Du moment que son neveu se lave les mains dès qu'il a franchi le pas de sa porte, il peut bien faire preuve de fantaisie, se ruiner pour m'offrir des foulards de soie verte et des tonnes de chocolat — j'adore la soie, la couleur verte et le chocolat noir. Au moins, me dit-elle, Roman retrouve son âge. Je connais les Kervoc et croyez-moi, mademoiselle, grandir dans cette famille, c'est aussi drôle que de passer son enfance au musée.

Les poissons occupent un mur entier du bureau. C'est une des premières choses que le père de Roman me montre à notre arrivée. Un aquarium géant, un mur d'eau et de verre où glissent des poissons multicolores, certains gros comme un ongle : c'est très apaisant pour la clientèle. Vous voyez, le petit bleu et vert avec une tête de marteau, c'est le premier occupant. J'ai mis dix ans pour ramener les autres, je les trouvais en vacances au Mexique, en Inde, partout. Chacun correspond à la signature d'un contrat important.

Chaque maison a son odeur. Le cirque, c'était l'odeur de la sciure humide et du pelage des fauves. La maison Kervoc, c'est l'odeur de la cire d'abeilles et du buis desséché. On m'y accueille à bras ouverts, c'est du moins ce que je crois. Quelques jours passent, et je comprends que, dans ces familles-là, on n'accueille pas, on observe. Les Kervoc sont fiers de

leur arbre généalogique. On y remonte jusqu'au seizième siècle. Il a fallu des siècles pour
produire le tronc, les branches, les feuilles et
le petit fruit de Roman. J'arrive dans le tableau
comme un moineau douteux. On passe au
crible mes façons de manger, de parler, de me
taire, de rire, de m'habiller. Les regards désolés
tombent d'abord sur Roman, sur sa barbe nais-
sante, ses vêtements fripés, cette manie qu'il a
de me tenir sans arrêt par la taille. Je lis sur le
visage souriant du père : ça passera, il n'est pas
si mauvais qu'un futur notaire commence par
s'encanailler. La mère est une sainte, encore
une, mais celle-ci a construit sa bulle de son
vivant. Chacun ici vante son humilité, cette carrière brillante qu'elle s'est refusée pour aider
les plus pauvres — carrière qui, assurément, lui
était promise : chez les Kervoc, le succès est une
chose due. Elle me regarde du haut de sa perfection chèrement acquise et je lis très bien
dans ces yeux-là : la petite pute a mis le grappin
sur le garçon, elle ne devrait pas tenir l'été, lais-
sons passer l'orage.

L'orage ne passe pas. Roman est de plus en
plus épris de moi. On dirait une loi, comme
celle de la gravitation : plus je suis froide et plus
il brûle. C'est la curiosité qui me mène. C'est
elle qui me fait rester. C'est donc moi qui provoque ça ? C'est pour moi, ces serments, ces

lettres de vingt pages que Roman m'écrit chaque nuit et qu'il m'offre au réveil, en même temps que café et jus d'orange ? À vrai dire, ces lettres m'ennuient un peu, j'en abandonne la lecture au bout de cinq pages. Roman, lui, ne se lasse pas de les lire. Il les trouve même si belles qu'il décide d'en faire un livre.

C'est un des derniers soirs de juillet. Nous dînons avec le père et la mère sous les tilleuls devant la maison. Roman, au dessert, fait part de sa décision : changement de cap, il se lance dans la littérature, il faut bien qu'il y ait autre chose que des notaires dans la famille. Je baisse les yeux sur la tarte aux mirabelles. Les parents se taisent. Je sens le plomb de leur regard sur moi. Le père, digne, calme, se lève de table, prend son fils par les épaules et, se tournant vers moi : vous permettez, mademoiselle, je souhaiterais dire deux mots à Roman. Ils entrent dans le bureau aux poissons. Je m'absorbe dans la contemplation de mon assiette. Je compte les mirabelles, une à une. La mère se racle la gorge, tousse, saisit une carafe d'eau, se lève et file dans la cuisine. Je reste seule, sous une nuée d'insectes attirés par la lumière des lanternes. Le bureau n'est pas très loin, je tends l'oreille : d'abord la voix de basse du père, puis celle plus tremblée du fils, soudain un grand bruit, et maintenant une rumeur comme au bord des étangs par vent faible : Roman, le gentil Roman, le doux Roman, à court d'arguments, a empoigné un cendrier de cristal et l'a lancé sur l'aquarium. Le verre a éclaté, l'eau s'est répandue dans la pièce, les poissons gigotent sur la moquette, le petit bleu et vert agonise sur un dossier d'héritage.

Nous voilà tous les quatre, Roman, ses parents et moi, de l'eau jusqu'aux chevilles, à nous regarder en silence.

J'éclate de rire, je prends Roman dans mes bras et je l'embrasse longtemps, longtemps. Cette fois, la curiosité cède le pas à l'amour : comment ne pas tomber amoureuse de celui qui provoque un déluge sur des siècles de sérieux et de bon goût ?

Trop tôt pour te marier, fillette. Ton père et moi, nous voulons bien te donner notre accord, mais méfie-toi, la prison, charmante, confortable, reste une prison. Pour un rien on y entre, et ensuite il te faudra beaucoup pour en sortir. Je ne dis pas que Roman sera ton geôlier, il est charmant ton ami, je dis bien pire : vous serez tous deux prisonniers. Il n'y a pas de gardien dans la prison, il n'y a pas de portes, pas de barreaux, pas de serrures — mais c'est une prison quand même. J'ai convaincu ton père de signer les papiers. Je t'envoie l'autorisation parentale par la poste. J'ai toujours su convaincre ton père, ce n'est pas difficile, il est comme beaucoup d'hommes, il confond l'autorité et la colère, il a d'abord hurlé quand je lui ai annoncé votre mariage, une heure après il s'interrogeait sur les vêtements qu'il porterait ce jour-là. Avec les formulaires j'ai glissé un peu d'argent dans l'enveloppe : un mariage, ça coûte cher sur tous les plans, ma jolie, même si vous ne passez pas par l'église, je me demande bien pourquoi, d'ailleurs, moi j'aurais fait l'inverse, même si ce n'est pas possible, j'aurais aimé n'épouser ton père que devant les anges, ils font de bien meilleurs témoins que des fonctionnaires de mairie, enfin, je divague, il y a des choses obligées dans la vie, ou on estime qu'elles sont obligées et cela revient au même, va donc pour un mariage civil, je t'aurai quand même prévenue, dix-sept ans, c'est bien jeune, mais je suis heureuse que tu ne m'écoutes pas, ça me plaît comme ça, c'est bon signe, on t'a bien élevée, petite, on t'a appris à n'écouter que ton cœur et lui seul. J'espère me tromper, je sais que je ne me trompe pas, c'est égal, le bon chemin pour les enfants n'est jamais le chemin des parents, jamais, j'arrête là mes conseils, ils sont inutiles, il y aura une surprise le jour du mariage, tu verras, je raccroche maintenant, ton père va me dire que je passe mes journées au téléphone, le comble c'est que le fleuriste me fait les mêmes reproches, en plus doux, en plus léger, allez, je t'embrasse, les jumeaux t'embrassent, tout le monde ici t'embrasse, à samedi pour la fête.

La conversation a duré deux heures. Enfin, je ne sais pas si on peut appeler ça une conversation : je n'ai rien dit, ma mère parlait seule, comme toujours au bord de chanter ou de rire. Sa voix m'est bienfaisante. Que ma mère soit là, quelque part, vivante dans la nuit de province, me parlant à moi qui viens de m'installer dans la nuit de Paris, que la voix magique résonne une heure après que l'on a installé le téléphone dans le studio près de la Bastille, cela suffit à ma joie, c'est un bon remède contre la mort. La mort, la misère, la folie, je les ai vues tout de suite en entrant dans Paris, porte d'Orléans. Trois gargouilles veillant sur la grande ville. Mort, misère, folie. Puis j'ai oublié cette vision, je suis devenue parisienne : pressée, soucieuse, gaie, dépensière, ruinée. Vivante au milieu d'une ruche de souffrance et d'argent. On peut toujours s'arranger. Ce qui manque ici, on le retrouve là. Un jour, comme pour les amitiés du collège, j'ai fait le point dans un carnet, j'ai noté les endroits qui me plaisaient le plus à Paris : le jardin du Luxembourg, les arbres du musée Rodin, les petits squares, etc. J'ai regardé l'ensemble que ça faisait et j'ai souri : ce que j'aime dans Paris, c'est la campagne. Mon coin préféré, c'est le cimetière du Père-Lachaise. J'y retrouve les touches lumineuses de l'enfance, un peu de cette gaieté venue du cirque et poursuivie jusqu'au milieu des tombes. Les avancées surprises d'un feuillage entre les croix, les sautillements du soleil sur le gravier des allées — et l'opéra de ma mère : nous avions un jardin à côté du cimetière. L'été, ma mère y mettait le linge à sécher. Elle étalait les draps blancs frais sur l'herbe verte, en chantant des airs italiens. Les morts étaient aux premières loges, ils devaient se régaler. Elle est éternelle, ma mère. Je sais bien que la mort entrera un jour dans son corps et que l'âme en sortira pour ne pas manquer d'air, pour continuer de battre la campagne ailleurs, autrement. Je sais bien, mais en attendant ce jour qui n'est surtout pas à attendre, je prends un plaisir fou à entendre sa voix, l'entendre pas l'écouter, les mots n'ont pas si grande importance, qu'avons-nous à nous dire dans la vie, sinon bonjour, bonsoir, je t'aime et je suis là encore, pour un peu de temps vivante sur la même terre que toi. Que ma mère me fasse part de ses idées sur le mariage ou qu'elle me détaille la recette du lapin aux groseilles, c'est pareil. Les paroles changent, la voix demeure, la voix qui fait son travail essentiel, qui salue, qui répète, qui insiste : je suis là et donc tu es là aussi, vivante comme moi — pourquoi inventer plus, c'est suffisant comme échange.

Donc après le déluge, le mariage. L'eau de l'aquarium a été épongée, les poissons sont partis dans la poubelle, le père de Roman a fait une estimation de ses pertes. Il y en a pour plusieurs millions. La situation, nous dit-il, est simple :

soit Roman continue le chemin des études et on n'en parle plus. Soit il persiste à jouer l'artiste et dans ce cas, il s'engage à rembourser. Roman, pâle, s'approche de ses parents, les embrasse, il me prend par la taille et nous sortons. Sur le seuil, il se retourne, s'adresse à sa mère : j'arrête les études, nous nous marions en septembre. C'est la première fois que je l'entends parler de mariage. Je ne dis rien. Je n'ai rien à dire : la déclaration, il l'a faite à sa mère, pas à moi. Et pourquoi pas ? Je retrouve ma boussole, mon instinct, ma formule merveilleuse : on verra bien. Et voilà, on monte dans la voiture, on passe le portail, on traverse le village, direction l'autoroute. Dans la voiture, le silence, puis une question, écrasée par la réponse venue trop vite : tu ne m'en voudras pas un jour, Roman ? Bien sûr que non : pourquoi t'en voudrais-je ? À nouveau le silence. Il a raison, Roman : de quoi m'en voudrait-il ? La voiture file, le ciel est large, j'ai un peu froid, c'est drôle d'avoir froid un jour de canicule.

Se marier à la mairie et pas à l'église, c'est comme se faire incinérer au lieu d'être mis en terre : une cérémonie furtive avec beaucoup de gêne. Un manque d'allure et de réel. Tant pis. C'est Roman qui a insisté. Pas d'orgues, de maître-autel et de robe blanche. C'était compter sans le génie de ma mère : elle a prévenu les gens du cirque, ils sont tous là dans la salle des mariages, en costume, le clown en clown, la funambule en funambule, le dompteur en dompteur, tous, et il y a même un petit singe sur l'épaule du clown. Quant au fleuriste, il a dévalisé sa boutique en fleurs blanches, seringas, lys, roses, tulipes, lilas.

À défaut d'ange, j'ai un clown pour témoin. Trois secondes pour signer et le tour est joué : je m'appelle madame Kervoc. C'est un drôle de nom. Il me va bien, je trouve : il ressemble à ceux que je m'inventais pour mes fugues.

Je ne suis pas sortie de l'hôtel depuis trois jours. Une mauvaise grippe. Non : une très bonne grippe. Un peu de fièvre, beaucoup de songes. Le patron me sert le petit déjeuner dans ma chambre. Croissants, café, miel — les abeilles qui l'ont fait dorment dans une ruche, à deux kilomètres d'ici.

Je n'écris pas, je n'écoute plus de musique. Le gros, je l'aime toujours, je suis d'une nature fidèle, tellement que parfois j'ai besoin de me reposer de cette nature, aller ailleurs, battre des ailes sur l'arbre d'à côté. Le gros, je le tromperais bien ces temps-ci avec un autre — et pourquoi pas avec quatre autres : j'ai envie d'écouter les Beatles. Je ne sors plus et je n'ai pas osé demander à l'hôtelier de m'acheter une cassette.

Je prends soin de la grippe comme d'une amie. La nuit, j'ouvre la fenêtre sur l'humidité des sapins. Petite, j'adorais ce genre de maladie. Elle me valait un surcroît d'attention et quelques jouets imprévus. Quand la fièvre s'en mêlait, cela donnait de jolies choses : l'âme qui planait à quelques centimètres au-dessus du corps brûlant, une langueur qui passait, souveraine, dans tous les membres, une sorte d'ennui qui ne m'ennuyait pas. Le monde pouvait donc être aussi simple que ça : un carré de ciel entraperçu depuis un lit par la fenêtre. Grippe, varicelle et rougeole sont trois fées des cours de récréation : les autres rentrent en classe et toi tu continues à jouer, tu as le droit, le gentil docteur t'a délivré un bon de sortie : peut s'absenter du monde et de sa vie pendant trois jours au moins.

Je pense à Roman. Mais c'est peut-être impossible de penser à quelqu'un d'autre que soi. Ou alors c'est un effet de la grippe : dans ma pensée de Roman, il n'y a que moi. Je me demande ce que je suis devenue, après tant d'années, dans les yeux de ce garçon. Peut-être suis-je aujourd'hui dans ces yeux-là ce qu'il est dans les miens : un fantôme. J'aurai très peu connu de lui. On ne connaît que dans l'amour et je l'ai peu aimé, Roman. Le malheureux n'y est pour rien. Et je n'y suis que pour très peu. Il y a partout, mélangées aux particules de l'air que nous respirons, des particules d'amour errant. Parfois elles se condensent et nous tombent en pluie sur la tête. Parfois non. C'est aussi peu dépendant de notre volonté qu'une averse de printemps. Tout ce qu'on peut faire, c'est de rester le moins souvent à l'abri. Et c'est peut-être ça qui cloche dans le mariage : ce côté parapluie.

Hier soir je suis descendue en robe de chambre au salon. C'était tard. Il n'y avait qu'un représentant en spiritueux, endormi devant la télévision. Une émission sur les livres, bête comme le reste. Le marchand de spiritueux ronflait, un journal de sport étalé comme une serviette pour gros bébé, entre son menton et son ventre. Je me suis assise dans un fauteuil, j'ai feuilleté des brochures publicitaires sur le Jura, mises à la disposition des touristes. Légendes, Histoire, Économie. J'adore ce genre de lectures tristes. Guides bleus, papiers que l'on trouve à l'intérieur des boîtes de médicaments, étiquettes de conserves, notices techniques : je lis lentement, à peine suis-je arrivée au bout d'une phrase que je l'ai oubliée. J'avais la même réaction à l'école, pendant les cours de géographie ou de sciences naturelles, ou devant mon père lorsqu'il commençait à me faire la morale : chaque fois que l'on prétend m'instruire, je me mets dans un état d'obéissance et de bêtise profondes — soumise par en dessus, absente par en dessous. Ce devait être une heure du matin. Je lisais une notice sur la fabrication des jouets en bois quand tout d'un coup la télévision a connu une embellie. Une poignée de gens qui parlaient du sida, les uns comme médecins, les autres comme malades. Aucune sensiblerie, rien à vendre. Des visages éclairés par une parole calme. Tous ces gens semblaient disposer d'un temps infini. Chacun écoutait l'autre sans l'interrompre, sans l'abrutir de questions ou, pire encore, de réponses. Comme si la proximité de la mort rendait possible d'être enfin vivants, ensemble. La beauté de ces visages m'a reposée comme de l'eau fraîche. Je suis remontée dans ma chambre, le sommeil est venu tout de suite.

La vie de couple, je le découvre en quinze jours, c'est épuisant. Quinze jours, c'est assez pour voir, c'est même trop long. Tous les apprentissages sont épuisants. Les premières nuits, je n'arrive pas à fermer l'œil, à cause de la présence de Roman à mes côtés. L'été, chez ses parents, nous avions chacun notre chambre. L'amour, nous le faisions à la sauvette. Il avait un goût de fruit volé. Le sommeil restait une affaire privée, chacun chez soi, allongé entre les draps blancs, au fond d'une barque d'ombre. Le sommeil est comme l'enfance, impossible à partager sauf avec un loup. Je mets quinze jours à trouver la bonne position dans le lit conjugal. Je m'endors sur le ventre, la tête tournée vers le mur, oublieuse, légère. Roman me facilite les choses en ne me rejoignant que très tard, après avoir veillé sur ses écritures. Toujours ses lettres d'amour. Il ne les écrit plus à la main. Il les tape à la machine. Le bruit du clavier ne m'empêche

pas de dormir, au contraire, c'est comme le cré-
pitement de la pluie sur un toit de zinc, une
chanson rassurante. Le livre de Roman a plusieurs fois changé de titre. Il s'est appelé « Af-
franchissements », puis « Retour à l'envoyeur ».
Aujourd'hui, « Désastres ». C'est moi qui ai
soufflé ce titre à Roman. « Désastres », pour un
recueil de lettres d'amour, cela sonne bien.

J'ai trouvé une place de vendeuse dans une
parfumerie. Je ramène assez d'argent pour les
courses, le loyer et le ruban de la machine à
écrire. C'est une situation qui correspond à ce
que j'imagine de l'état de mariée : tout pour
toi, mon chéri. Tu restes à la maison, ne te sou-
cie que d'écrire, je te nourrirai. Je me trouve
assez belle dans le rôle de servante de l'artiste.
Je m'aime bien dans cette image.

Et j'ai pris un amant. Tout de suite, à peine
entrée dans le studio vide. Pas un type comme
les clientes de la parfumerie en prennent. Ce
métier m'amuse autant que de jouer à la dînette
— on disait que tu étais la cliente et que j'étais
la vendeuse. Le mariage aussi ressemble à la
dînette — on disait que tu étais le mari et que
j'étais l'épouse. Au magasin, j'ai vite appris les
histoires d'adultères du quartier. Je ne vends
pas que des parfums, je m'occupe des femmes
qui viennent se faire épiler dans une petite salle

en arrière du magasin. Elles causent entre elles, j'écoute. J'ai pris un amant — mais pas comme ces femmes-là, pas un deuxième mari, un mari à mi-temps. Mon amant est à plein temps sous mes fenêtres. Roman n'est pas jaloux. Il a tort. Le matin, le soir, mes pensées volent vers mon amant, mes yeux brillent de lui et mon cœur chante ses louanges : un érable. Un érable en plein quartier de la Bastille, là, dans la cour intérieure de l'immeuble. C'est pour lui que j'ai choisi le studio. Il faut dire qu'il est à son avantage lorsque je le rencontre pour la première fois. Il commence à prendre ses habits d'automne, à brûler d'un feu pourpre, comment résister à tant de séduction ?

Le livre de Roman augmente. Ce n'est plus un livre, c'est un symptôme : plus de quatre cents pages tassées, serrées. Il écrit la nuit, dort la journée et s'en va en fin d'après-midi au café. Je l'y accompagne quelquefois. Il a pris autant de soin à trouver ce café qu'à parfaire une belle phrase. Il en a fréquenté sept avant de trouver ses aises et de la compagnie dans celui-là. Ils sont quatre, toujours à la même table, Roman, Alain, Luc, Étienne. Quatre apôtres. Leur Christ à eux, c'est l'art. Étienne est le seul à avoir un emploi, dans une banque. Entre deux bilans comptables, il écrit de la musique. Alain est un peintre, du moins il en a le costume, pipe, cheveux retombant sur les yeux, foulard de soie mauve, pantalon de velours noir à grosses côtes. Luc, comme Roman, marche sur les traces de Flaubert. On parle, on boit. On refait le monde. Enfin, les quatre le refont et moi je les regarde. Je crois que c'est au fil de ces soirées que je commence à moins aimer Roman. Moins aimer, c'est ne plus aimer du tout. Je sais bien que le monde n'est pas d'aplomb et qu'il faudrait y remettre un peu d'ordre — ou de désordre — pour que les loups, les juifs et les gosses de Créteil puissent y circuler sans crainte. Je sais bien, mais là, entre ces quatre gloires méconnues de la littérature, de la musique et de la peinture, je ne vois ni loup, ni juif, ni rien des visages de Créteil. Je ne vois que de petites ambitions, quatre esprits de sérieux, lourds, lourds, lourds. On ne veut pas refaire le monde mais simplement l'aménager afin de s'y faire une place, la plus grande possible, talent oblige.

Le talent de Roman, les éditeurs ne semblent pas le voir. Il a terminé son manuscrit. Il l'a envoyé à une quinzaine de maisons d'édition. Deux mois sont passés et les lettres de refus commencent à pleuvoir dans la boîte aux lettres. Tous des cons, grogne Roman, Rimbaud a dû publier à compte d'auteur, c'est dire l'indigence de ces milieux.

J'apprends donc que je dors chaque nuit auprès de Rimbaud, ce qui me fait drôle : il aimait plutôt les garçons, celui-là, non ? Je ne peux pas dire la même chose de Roman. Au lit, il a perdu de ses manières. La paresse, qui s'installe dans son cœur — en même temps que dans le mien — passe dans son sang. Quand elle arrive au bout de ses doigts, elle se change en rudesse. Je n'ai rien contre. Le fils de bonne famille est parti, un artiste boudeur l'a remplacé. Mais, dans la courtoisie comme dans la brusquerie, quelque chose manque. Quelque chose ou quelqu'un. La tête douillettement enfoncée dans un oreiller bourré de plumes d'oie, je laisse Rimbaud s'acharner sur moi et je regarde au loin mon amant magnifique, l'érable dont les feuilles frissonnent au moindre vent : il a plus de chance que moi.

J'ai quitté la parfumerie pour une librairie. Une cave près des Halles, une boutique de troc. Des lecteurs viennent s'y débarrasser de leur bibliothèque. Je fais le tri. J'enveloppe les livres de quatre sous dans du papier plastique, et les livres rares dans du papier cristal. Roman a entamé son deuxième manuscrit. Le premier a achevé sa carrière dans la cour de l'immeuble, déchiré page par page. C'était une nuit de janvier, sans neige. Au petit matin, le concierge et les voisins ont découvert des dizaines de lettres d'amour éparpillées sous l'érable, une neige imprévue, presque aussi enfantine que l'autre.

La noce sortait de l'église. Le cortège passait devant l'hôtel quand des tonnes d'eau et de nuit se sont abattues sur lui. L'orage rôdait comme un chien depuis le début du jour. Les cris des garçons d'honneur avaient dû l'exciter. La petite bande s'est précipitée dans l'hôtel pour se mettre à l'abri. Le patron leur a offert un vin chaud avec de la cannelle. J'étais seule, assise au fond de la salle, à lire un journal. Ils m'ont invitée à me joindre à eux. Je ne sais pas ce qui me touche autant dans la vision d'une jeune mariée. Celle-ci était très jeune, une gamine, sa robe maltraitée par la pluie avait des allures de serpillière et sa couronne de fleurs d'oranger était déchirée. Son mari, guère plus vieux qu'elle, ne savait que faire. Il prenait son visage de petite fille entre ses deux grosses mains et le caressait doucement, essayait de le réchauffer comme on peut faire avec une bête familière. Et il ne me quittait pas des yeux.

J'étais visiblement à son goût, et cela ne le troublait pas de consoler l'une tout en lorgnant vers l'autre. L'orage est parti chasser ailleurs. La noce s'est levée dans un remuement de chaises, ils ont voulu payer le vin chaud, le patron s'est fâché, un jour comme ça, vous pensez, les époux sont sortis les premiers, le mari m'a jeté un dernier coup d'œil. Il y avait quelque chose de pénible dans ce regard, un sale mélange de désir et de mélancolie : je voudrais bien te baiser mais, tu comprends, je suis coincé avec celle-là. Ce n'est pas la première fois que je remarquais une telle chose sur le visage d'un homme. La même petite lumière mouillée traversait les yeux de Roman, lorsque j'invitais à la maison une des libraires qui travaillait avec moi. Il faudra que je fasse attention. Il faudra que je me méfie de cette pensée qui m'envahit parfois. C'est une pensée désolée, désolante. C'est la pensée que tous nos liens sont faux et, pire encore : comiques. Oui, il me semble parfois que tous nos sentiments, même les plus profonds, ont une part indélébile de comédie. Leur profondeur ne doit souvent rien à l'amour — et tout à l'amour-propre. C'est sur nous-mêmes que nous pleurons et c'est nous seuls que nous aimons. Cette pensée en soi n'est pas si sotte. Elle le deviendrait si elle amenait de la tristesse dans son sillage. Je ne sais pas ce que c'est, la vérité. La tristesse, oui, je connais : c'est du

mensonge et rien d'autre. Je tiens ç
mère. Et je le tiens du gros. Je le tiens
Roman, dans les derniers mois. Il ..sait un
poète. Je l'ai lu avec lui. La vie de couple est
sans fond, immense. Elle peut être dévastée par
un côté, et se poursuivre tranquillement par un
autre côté. La vie de couple est un gros animal
résistant, lent à mourir. Artaud. Antonin
Artaud : c'était le nom de celui que Roman
lisait. Je lisais sa lecture ensuite : les phrases
qu'il avait soulignées. Je me souviens de ça, dans
une lettre écrite à Rodez, je crois, fin 1945 : *l'état
d'âme fait oublier l'âme.* Moi je le dirais comme
ça : l'état d'âme empêche l'âme de venir. Et
j'ajouterais : qu'est-ce que l'âme ? Évidemment
je n'ai pas de réponse. Des questions comme ça,
j'en ai des milliers. Je suis descendue à l'hôtel
pour faire prendre l'air à mes questions — et
regarder. Regarder c'est penser. Avant de dormir dans les livres, la pensée court le monde,
sort des images que nous y prélevons. Sur le
visage du marié, il y avait ce qu'on ne trouvera
jamais dans aucun livre sur le mariage. J'oublie
beaucoup de choses. Je n'oublie jamais ce genre
de scène. Ma première vie, ma vie nomade, m'a
infiniment donné à voir sur le monde. Pour les
gitans, les gens du cirque, les villes se ressemblent : une terre de banlieue un peu chauve, un
peu boueuse. Pas de place pour les clowns dans
les beaux quartiers. Ce n'est pas qu'il y ait deux

mondes, celui des riches et celui des pauvres. C'est bien plus fort que ça : il n'y a qu'un seul monde, celui des riches et, à côté ou en arrière, le bloc informe de ses déchets. Je me souviens du jour où mon père m'a emmenée dans une belle avenue de Nice. Il cherchait un cadeau pour l'anniversaire de ma mère. Je suis entrée avec lui dans une bijouterie. Mon visage était sale, j'avais roulé dans la poussière avec les autres enfants toute la matinée. Mon père n'était pas rasé, des taches de cambouis étoilaient son pantalon. Je n'oublierai jamais le regard de la vendeuse sur mon père. L'expérience de l'humiliation est comme celle de l'amour, inoubliable. Je ne sais pas ce qu'est l'âme. Je sais très précisément dans quelle partie du corps elle s'évapore, jusqu'à s'anéantir : un minuscule point sombre dans la prunelle des yeux — le mépris. Le pire, c'était l'étincelle revenue dans le regard de la vendeuse, le visage qui s'ouvrait devant la liasse de billets que mon père sortait de sa poche. Les yeux des hommes sont plus changeants que les yeux des loups. Ce qu'on y voit est beaucoup plus terrible.

Mes années-Roman prennent fin. Je ne m'en aperçois pas tout de suite. Pour qu'une chose se termine, il faut qu'une autre chose commence — et les commencements, c'est impossible à voir. Cela fait sept ans que nous sommes ensemble. J'ai pris goût à cette vie un peu fade. Avec le mariage, quelque chose de vivant s'est éloigné et cet éloignement me repose. J'imagine que c'est ce qu'on appelle la vie de couple — la fin de l'enfance. J'imagine que cette fin est inévitable. Les fugues ont cessé. C'est ma mère qui me le fait remarquer. Elle se trompe un peu, ma mère. Il y a eu quelques envolées pendant ces sept ans. Quand on est une femme pas trop vilaine, ce n'est pas difficile d'aborder un homme dans les allées du Luxembourg et de lui dire une chose assez simple : emmenez-moi. Emmenez-moi au Mont-Saint-Michel, ou à Vézelay, ou à la Grande-Chartreuse. À l'arrivée, nous nous promènerons, si possible en silence. Le soir, je vous invite dans un grand restaurant pour y déguster des huîtres, ou un bœuf bourguignon, ou un gratin dauphinois. À table, c'est vous qui déciderez du sujet de la conversation, moi je vous écouterai, c'est une des choses que je fais le mieux. Pour la nuit à l'hôtel, ce sera une chambre ou deux, je ne sais pas encore, cela dépendra de vous, du plaisir que m'auront donné vos paroles. Nous partons immédiatement, là, tout de suite, sans prévenir qui que ce soit. Nous serons de retour demain, dans la soirée. Je fais cette proposition une vingtaine de fois en sept ans, je n'obtiens que quatre réponses. La plupart des hommes paniquent, beaucoup sont désolés et m'expliquent avec un air de chien battu qu'ils ne peuvent s'absenter sans informer une foule de gens qui, bien sûr, ne seraient pas d'accord — cela va de l'épouse à dieu le père. Rares sont ceux qui s'étonnent des lieux choisis, presque toujours des monastères. À ceux-là je réponds que je fais un pèlerinage, une envie subite de vieilles pierres et de chants — toutes choses qui poussent aux pieds des moines. Quant à Roman, au retour du premier voyage, je lui explique : les gens du cirque me manquent, je les ai rejoints pour deux jours, je le ferai de temps en temps. Je ne lui mens qu'à moitié lorsque je lui parle de la baie du Mont-Saint-Michel ou de l'abbaye de Hautecombe : c'est bien là que j'étais, même

112

si ma soirée n'avait que peu à voir avec les jeux du cirque. Je ne suis pas fière de ces escapades. Je n'en suis pas honteuse. Ce ne sont pas vraiment des fugues. J'ai médité là-dessus, après la remarque de ma mère : si je ne disparais plus, c'est que je n'ai plus besoin de disparaître. Le mariage est encore la meilleure façon pour une femme de devenir invisible.

Roman écrit toujours. Pour ne pas mourir de froid en attendant la réponse des éditeurs, il a passé avec succès un concours de secrétaire de mairie. Papa notaire et maman avocate, déçus et rassurés, ont repris contact avec leur petit garçon. Dans une enveloppe, ils ont glissé leur cadeau de mariage : un chèque en blanc, destiné à l'achat du studio. Double salaire, pas de loyer, nous voilà riches ou presque. Je peux donc me ruiner en robes et en livres, de quoi m'habiller corps et âme.

Un papier glissé sous la porte : nous sommes conviés à une réunion des propriétaires de l'immeuble. Il s'agit de prendre une décision concernant l'érable qui a beaucoup grandi : des branches cognent aux fenêtres et ouvrent un puits d'ombre dans la cour, irritant les habitants des trois premiers étages. C'est un soir. Je précise : c'est un mardi soir vers la fin avril, un air de printemps partout, du bleu insistant dans le

113

ciel, des fleurs qui s'apprêtent à exploser, des parfums qui commencent à rôder. Roman ne m'accompagne pas : ce genre de réunions, j'en ai des dizaines par jour au bureau, vas-y seule. Il y a trente personnes autour de la table. Je n'en connais qu'une poignée. Du beau linge. Un psychanalyste qui exerce sur le même palier que nous. Une pâtissière, un huissier, un retraité de l'armée. Les autres, j'ignore qui ils sont. J'arrive en retard. Je sens que la décision est déjà prise d'abattre l'érable, à peine assise, je me relève, je traite ces gens d'assassins et d'idiots. La pâtissière m'invite à mesurer mes propos. Un homme se lève à son tour, un géant, je ne l'ai jamais vu, il doit habiter en face, passer par l'autre entrée, il dit : mademoiselle a raison — j'ai un frisson en m'entendant appeler mademoiselle, je croyais que cela n'arriverait plus jamais — mademoiselle a raison et il me semble qu'elle s'exprime d'une façon particulièrement modérée. Cet arbre prend sur lui de la lumière, certes, mais qui de nous ne rêve d'en faire autant, j'ai besoin de lui pour mon travail, j'ai besoin du regard quotidien sur ses feuilles, c'est un des premiers habitants de l'immeuble, son âge est respectable et, que je sache, on ne va pas couper les jambes des vieux sous prétexte qu'ils nous font de l'ombre, je vous préviens, le premier qui touche à une seule de ses feuilles aura affaire à moi, je ne plaisante pas, je suis comme mademoiselle, je pense qu'il y a des choses sur lesquelles il ne faut surtout pas garder son calme. Il fait lentement le tour de la table, il est aussi grand que les ogres des légendes, il s'arrête devant les propriétaires des trois premiers étages. Je demande un vote à main levée, qu'on en finisse avec cette réunion sans objet. Finalement, personne ne viendra abattre l'érable. On décide simplement d'en rediscuter l'an prochain.

Le géant m'invite à fêter chez lui notre victoire, chez lui je suis incapable de dire à quoi ça ressemble, la porte n'est pas refermée qu'il me prend dans ses bras, me soulève et m'embrasse, m'étouffe presque, j'entrevois une pièce avec des rideaux verts, une autre vide de tout, un lit dans le fond et puis ses dents surtout, magnifiques, des dents de fumeur, la réunion des propriétaires, pauvre Roman, va durer trois heures entières, une heure d'amour, deux heures à dormir dans les bras de l'ogre aux dents jaunes, on ne s'est pas dit un mot, je suis amoureuse, je comprends ce que c'est d'être amoureuse, on ne m'avait jamais expliqué, un mari de sept ans ou des aventures de deux jours ne pouvaient m'instruire là-dessus, c'est la première fois de ma vie que je fais l'amour, tout ce qui a précédé n'était rien, tout ce qui existait avant n'existait pas, on peut coucher avec la terre entière et cela ne change rien, tant que le cœur n'est pas atteint, le corps reste vierge, je ne suis pas mariée, je n'ai pas vingt-quatre ans, j'ai cet âge éternel de la première fois dans l'amour.

À mon réveil, je regarde mon amant dans le noir avec sa couronne d'étoiles : l'autre amant, l'érable que nous avons sauvé ce soir. À travers ses branchages je reconnais mon studio, et par la fenêtre ouverte, contre le mur du fond, l'ombre de Roman penchée sur un manuscrit. D'un appartement à l'autre, dix mètres. Les plus petites distances sont des distances infranchissables.

Le gros est en pleine forme. Je lui ai mis des piles neuves. La nuit, il joue pour mes beaux yeux la sonate pour violon numéro 3 en *ut* majeur, BWV 1005. C'est ce qui est marqué sur la cassette. BWV 1005, je verrais bien ça sur une plaque d'immatriculation de voiture. Et le gros au volant, roulant à toute allure, nuque raide, visage fermé, grave comme un pape. Il y a trois choses qui m'apaisent ces temps-ci. L'écriture. Le vin d'Arbois. Et la sonate numéro 3. Les deux premières sont liquides — encre et vin. La troisième est aérienne — ailes et joie. Je l'écoute la nuit comme on s'attarde devant une équation à plusieurs inconnues. Cette musique-là s'empare de la vie brute, faite d'attente, de fatigues et d'ennui, elle cherche si peu à oublier cette substance des jours ordinaires qu'elle en fait sa base, sa nourriture, sa terre d'envol : d'abord des ébauches, des bégaiements, le raclement sans grâce de l'archet sur les cordes, et d'un seul coup tout se recueille et s'envole dans la fugue d'un air pur.

Cette nuit le patron de l'hôtel est venu frapper à ma porte, pour me prier de baisser le son. Des clients avaient râlé la veille. Comme la musique était vraiment forte, je ne l'ai pas entendu, il est entré et m'a surprise en train de parler au gros. Il a eu peur, une seconde. Je lui ai dit que j'étais là pour écrire un livre et que la musique m'inspirait. Et j'ai baissé le son. Il était satisfait. Il venait d'avoir la réponse à la question qu'il n'osait pas me poser depuis mon arrivée : qu'est-ce qu'une jolie femme vient faire dans ce coin perdu, quel chagrin vient-elle couver ? Écrivain, ça lui a plu. Le lendemain il m'a invitée à déjeuner avec sa femme. Au dessert il m'a dit : vous savez, je comprends, l'inspiration, ça ne se discute pas, maintenant c'est la morte-saison, nous n'avons pas tant de clients que ça, et les prochains, je leur expliquerai pour le bruit, vous pouvez écouter votre musique comme vous voulez, n'en parlons plus.

Tout à l'heure, dans le cours d'une promenade, j'ai retrouvé le sang de mes dix ans, mon sang de fugue et de curiosité. Je suis passée devant une maison de retraite — et j'y suis entrée. Dans les couloirs, plein de vieilles femmes en robe de chambre. Je ne me suis pas attardée. Personne n'aime voir trop longtemps des vieillards. Même les vieux n'aiment pas ça. J'ai parlé avec une dame qui regardait la télévision dans une salle commune, en suçant des bonbons à la menthe. Elle devait avoir, quoi, quatre-vingts, quatre-vingt-cinq ans. Et elle m'a dit : quelle horreur, il n'y a que des vieux dans cette maison. J'ai ri. Je comprenais très bien cette parole. La grande affaire du jour, pour cette dame, c'était un chien. Un chien jaune qui s'est promené deux heures dans le couloir. Personne n'a su d'où il venait. Les bêtes sont interdites ici. Les bêtes et les hommes. Les bêtes sont tolérées sous leurs espèces inévitables : écureuils, oiseaux et chats du parc. Les hommes sont cloîtrés en face, dans un bâtiment jumeau. Des histoires naissent d'un pavillon à l'autre, des embrouilles, des fâcheries : la bêtise et la grâce mènent leur danse dans les maisons de retraite comme partout ailleurs. La sagesse, contrairement à ce qu'on raconte, ne vient pas avec l'âge. Sage, ce n'est pas une question de temps, c'est une question de cœur et le cœur n'est pas dans le temps. J'ai promis à la vieille dame de revenir la voir. Elle me rappelait un peu ma marraine du collège.

Trois années avec l'ogre, trois années appa-
rentes, en vérité trois siècles, je ne peux rien
dire de cet amour, je ne peux que le chanter,
peut-être n'ai-je noirci toutes les feuilles qui pré-
cèdent que pour en venir à celles-ci, peut-être
n'ai-je conçu toutes les autres phrases que pour
donner le jour à celle-ci, une phrase de trois ans
avec seulement des virgules, pas de point final
ou le plus tard possible, une phrase comme un
amour de trois ans et trois siècles, une phrase
pour dire ce que je ne pourrai dire, cette joie
qui m'arrive, qui déferle et m'enlève de tout
pour me remettre à « moi » et me révèle comme
c'est petit ce qu'on appelle « moi », comme
c'est maigre et sans vraie consistance, avant cet
amour je n'étais pas née, avec cet amour je suis
morte, je suis passée d'un néant à un autre, le
premier était triste et lourd, le second est
radieux, sec et vif comme une attaque en
musique, une vibration d'archet, une pirouette

de Jean-Sébastien Bach, c'est la première chose que j'apprends de l'ogre, le vrai nom de l'ogre c'est Alban mais je l'appelle l'ogre, je choisis de l'appeler ainsi, ça lui va mieux, je me trouve dans son cœur comme au nocturne d'une forêt, c'est la première chose que j'apprends de lui, son goût pour Bach, sa folie pour Bach, jour et nuit l'ogre écoute Bach, jour et nuit l'ogre célibataire écoute sa maman Bach, un mur de disques près de son lit, l'œuvre intégrale du gros, pas une interprétation ne manque, au début je regarde et je n'entends rien, au début Bach sort de la pièce quand j'y entre, on se croise sur le seuil, l'ogre ne met pas de disques au début quand je suis là, j'en tire vanité, j'en déduis ma puissance, je suis aussi riche qu'une cantate de Bach, ma présence est aussi fluide et cristalline que celle des chœurs, violons, flûtes et tout le bazar, je vous jure que je pense ça, si on disait vraiment, partout et toujours, ce qui nous chante dans la tête, la vie serait plus drôle, plus déchirée peut-être, bien plus vivante, c'est ce que je fais avec Roman le premier soir, je lui raconte tout, le sauvetage de l'érable et le naufrage entre les bras de l'ogre, c'est ma dernière façon d'aimer Roman, une dernière chance, ne pas le ménager, ne pas faire du petit mari un petit malade, un petit enfant, un petit infirme, tu m'aimes Roman, tu dis m'aimer, alors voilà ce qui chahute mon cœur, voilà une brûlure toute fraîche, voilà de quoi je suis faite et défaite, j'aime un ogre, je ne sais rien de lui et je me sens merveilleusement libre dans le tour de ses bras, merveilleusement respirante, si libre et respirante que j'y retournerai, en même temps je reste là, avec toi, débrouille-toi avec ça, Roman, débrouille-toi avec moi, j'ai le cœur pris par un flocon de neige, c'est joli comme image, tu ne trouves pas, eh bien ce n'est pas une image, c'est exactement ça, il n'y a rien à comprendre, un flocon de neige ne dit rien de sensé, un flocon de neige ne sait que danser au long de sa vie brève, ma peau fond sous les mains de l'ogre, ma peau et mon cœur fondent en dansant, dansent en fondant, je peux te le dire autrement si tu veux, je suis riche ce soir, je suis riche et je ne t'ai rien volé, quelqu'un m'a donné quelque chose, qu'y puis-je si ce n'est pas toi, personne ne peut tout donner, personne ne suffit à personne, personne n'est Dieu, Roman, quelqu'un m'a rendue plus légère et chantante, puisque tu m'aimes, ça ne peut pas t'assombrir, ou alors c'est que tu prends les chemins du mari trompé, ces sentiers boueux, rebattus, tu te souviens du client de la librairie, comme il m'a fait rire, ce petit homme dans le froissé de sa dignité, je n'ai pas pu résister quand il m'a confié d'une voix caverneuse : « mon couple » va mal, dis-moi Roman, tu ne vas pas aller dans ces eaux-là, je lui ai éclaté de rire au nez, je l'ai vexé à mort le petit homme gris, non, c'est vrai, cette façon de parler de « son couple » comme d'un bien en Suisse ou d'une douleur chronique, je t'ai trompé mille fois, Roman, s'il faut absolument user de ce mot qui me fait rire, je suis partie quatre fois avec des types, chaque fois que je parlais du cirque, eh bien c'était ça, des voyages adultères, tout ce qu'on vit est adultère, Roman, tout ce qu'on vit vraiment est secret, clandestin et volé, marcher sous la pluie fine et se réjouir du bruit des talons sur les pavés, prélever une phrase dans un livre et la poser sur son cœur un instant, manger un fruit en regardant par la fenêtre, ça aussi il faut dire que c'est tromper, puisqu'on y reçoit du dehors une joie brute qui ne doit rien, absolument rien au mari, et toi, qu'est-ce que tu fais d'autre en écrivant pendant que je dors, je lui ai parlé comme ça à Roman, pendant une heure, pendant trois ans, enfin, pas tout à fait comme ça mais tout y était, le premier soir il a pleuré, ensuite il a ri, oui il a ri, il n'y a pas de grande différence entre les deux états, les rires ce sont les larmes qui se consolent toutes seules, puis il m'a dit : je vais réfléchir, il a mis trois ans pour réfléchir, Roman, trois ans pour comprendre qu'il ne supportait pas ce qu'il croyait supporter, il s'est passé quelque chose pendant ces trois ans, pour tout le monde il s'est passé quelque chose, même pour Bach,

Bach est peu à peu resté quand je rendais visite à l'ogre, j'ai fait l'amour dans les cantates et sous la bénédiction des chœurs, cette musique est aujourd'hui ce qui me reste de cet amour, c'est un beau reste, je trouve, l'été, la fenêtre était grande ouverte, l'érable m'habillait de ses feuilles, pas assez cependant, Roman parfois m'apercevait nue dans les clairières du feuillage, il n'a jamais autant écrit que dans ces années-là, son écriture changeait, comment dire, elle n'était plus encombrée de lui-même, il avait fait le deuil de lui-même, il allait, écrivant, vers des fêtes étranges, ou peut-être, simplement, travaillait-il à ne pas devenir fou, un livre a été publié, pour moi cela ne changeait rien, il fallait que je voie l'ogre chaque soir, je n'ai jamais pensé à vivre avec lui, je ne vais quand même pas me marier avec tout ce qui me donne de la joie, je ne m'en sortirais pas, il fallait que l'ogre me déshabille, me prenne et jette mon âme dans un sommeil de brute, j'ai oublié de dire le travail de l'ogre, son autre travail, à part me brûler et m'endormir, son travail de plein jour, l'ogre est premier violoncelle à l'opéra de Paris, premier ou second violoncelle, quelque chose comme ça, il a deux appartements, un énorme et un minuscule, le minuscule, je n'ai jamais pu y aller, il a toujours refusé, le minuscule c'est pour lui et le violoncelle, une chambre de bonne près des Halles, dans le grand appartement, celui où nous nous rencontrons, il n'emmène jamais son violoncelle, il dit qu'il se prépare à en jouer, qu'il pense à son jeu en contemplant les feuilles de l'érable jusqu'à connaître chacune d'elles en particulier, il me dit que c'est aussi important que le jeu effectif, ça me plaît cette chanson-là, la chanson de ne rien faire pour bien faire, j'y trouve une image de ce que je vis avec lui, une annonce de la fin avant la fin et je n'en suis pas triste, ce que j'apprends avec l'ogre c'est à ne pas jouer du violoncelle pour mieux en jouer plus tard, j'apprends à être aimée pour n'avoir plus besoin de l'être et pour enfin aller au-delà, ailleurs, au-delà du sentiment, ailleurs que dans le sentiment, pour aller dans quoi, dans l'amour peut-être, comme aujourd'hui dans cet hôtel, vivante, seule, aimante d'amour partout donné, partout reçu, sans la maladie du lien à un seul, aimante d'un amour qui ne dépend plus d'un père, d'un mari ou d'un amant, l'amour est une pièce minuscule dans laquelle j'entrerai au bout de ces trois ans, pendant trois ans je me prépare à aimer, pendant trois ans je vis en attendant autre chose et donc je ne vis pas, je brûle seulement et les deux autres brûlent avec moi.

J'ai un problème avec la parole depuis quelques jours : elle m'ennuie. Je n'ai plus envie de parler et moins encore envie qu'on me parle. Avec le patron de l'hôtel on échange des sourires, c'est suffisant comme conversation. Avec les commerçants de Champagnole, même chose. Champagnole, c'est la grande ville de la région, j'y fais provision de cigarettes, de chocolat et de journaux. Le tabac et les confiseries, c'est par goût. Les journaux, je n'ai jamais pu m'en passer et pourtant je ne les aime pas. J'espère chaque matin trouver noir sur blanc un peu d'intelligence, et je me tache les doigts sur des papiers graisseux d'encre, pour rien. Ce qui m'étonne, c'est la rapidité avec laquelle ces gens trouvent quelque chose à écrire sur tout. Dans une vie normale, normalement perdue, normalement obscure à elle-même, bien peu de choses se passent, et pour les dire avec justesse, il faut souvent des années et des années. Là, les

127

mots viennent en même temps que les événements — ce qui fait qu'il n'arrive rien que du bruit. C'est une question d'argent, je suppose : tant de pages à remplir chaque jour, coûte que coûte. D'argent et d'angoisse : il en va du silence comme de l'amour. On passe sa vie à les fuir. L'autre jour je suis allée à la maison de retraite. La vieille dame était toujours seule devant la télévision. Elle s'est précipitée sur les bonbons à la menthe que je lui apportais. Je me suis assise à côté d'elle et j'ai regardé l'émission : un animateur, rempli de la jouissance d'être là, si jeune, si parfumé, si beau et si bien payé, interrogeait une actrice. Il lui a posé une question : vous vous retrouvez sur une île déserte avec un seul compagnon, que choisissez-vous, un amant qui vous fera l'amour sans fin mais ne vous dira jamais un mot, ou un homme qui ne vous touchera jamais et avec qui vous pourrez parler de tout ? Elle a pris la réponse que l'animateur n'attendait pas : l'homme qui parle. Étonné, sans doute un peu déçu, il lui a demandé les raisons de son choix. Elle a dit : le sexe, ça ne dure pas toujours, mais la parole, il faudra bien s'en servir jusqu'à la mort, c'est obligé. C'est de cette parole « obligée » dont j'aimerais être délivrée. Je voudrais me taire et rester vivante. C'est le silence qui tient mon cœur. Pas le silence lourd de mon père, pas non plus celui des maisons de retraite. Le silence comme dans les bois du Jura ou comme au fond de la page blanche. La vieille dame s'est assoupie. La salle de télévision était vide, c'était un dimanche, mais c'est tous les jours un dimanche dans ce genre d'établissement. J'ai regardé les murs, la fenêtre et ses vitres sales, les chaises vides, le linoléum. La misère, elle n'était pas dans cette salle mais sur l'écran où le jeune homme continuait de parader. La misère c'est ce bruit de fond partout grésillant — un empêchement à l'amour et au silence.

Avant de revenir à l'hôtel, j'ai pris un café à Champagnole. La fille qui m'a servie ressemblait à Élisabeth Granville. Je ne saurai jamais ce qu'elle est devenue, ma sauvageonne. Je n'ai plus son adresse et trop de temps a passé. Les morts, on sait où ils vont, mais les vivants ? Leur éloignement est plus mystérieux que celui des morts. Je suis restée comme ça deux heures à la terrasse. Quelle paix. À Paris, vers la fin, dans les rues, les couleurs, les bruits, je ne sentais plus que la nervosité de l'argent — celui que l'on recherche et celui que l'on perd. Il est vrai que travailler dans le cinéma n'arrangeait rien. Un film c'est une bulle de savon qui danse quelques minutes dans la lumière. Pour le faire, il faut chercher pendant deux, trois, quatre ans, les millions nécessaires. Repas, déplacements, téléphones. Ensuite il faut réunir deux cents personnes, les nourrir, les loger, les payer, et compter encore un an — ça fait cher la bulle de savon.

L'aubergiste me prête sa voiture pour m'aventurer dans la région des lacs. Parfois il m'accompagne. Nous n'échangeons pas trois mots pendant les trajets. Mon dieu, quel repos. C'est la parole qui lie et qui embrouille. C'est la parole qui fait les familles. En grandissant dans le cirque, j'ai échappé à ça : la famille bouclée, tassée sur elle-même — une invention de dieu plus que de la société, un dieu joueur qui aurait distribué les rôles une fois pour toutes : toi ici, et toi là, vous ne bougerez plus et comme bouger est inévitable, vous serez cause de souffrances les uns pour les autres. Non, pas question de retrouver une famille dans cet hôtel. Je n'ai plus besoin de père, de mère, de mari. J'ai eu tout ça, en quantité suffisante. J'ai seulement besoin de sentir l'air frais dans mon cou, entre la peau et le chemisier, de tacher mes yeux avec le vert des sapins, un vert foncé, fort. Je me sens comme celle que j'ai entrevue tout à l'heure, au-dessus d'un pré, une alouette. Elle filait de la terre au ciel, droit d'elle-même à elle-même dans un palpitement de plumes et de chant.

Le loup c'était moi, derrière les barreaux, ensommeillée. L'alouette c'est moi, dans l'air bleu, vibrante de petit délire calme.

Hier une cage, aujourd'hui un ciel.

Je fais des progrès.

Titati titati, tatati tatati. C'est ce qui monte de mon cœur à mes lèvres quand je descends l'escalier, une valise à chaque main. Ce sont les premières notes de l'air du gros : « Jésus que ma joie demeure. » Titati titati, tatati tatati. Ma joie demeure même si Jésus n'y est pour rien. Ma joie demeure même quand les portes claquent et que les visages se ferment. Au bout de trois ans, Roman s'est enfin décidé. Je sors ce soir des bras de l'ogre comme presque tous les soirs, et ce soir est soudain différent, la porte du studio est close, Roman a entassé trois valises et deux sacs sur le palier, je les ouvre, mon linge y est et tous mes livres, l'essentiel, bien en ordre, c'est un signe de courtoisie, je trouve. Il aurait pu balancer tout en vrac dans l'escalier. Trois ans, c'est beaucoup. Je ne sais pas si, à sa place, j'aurais eu autant de patience.

Trois valises, deux sacs et je n'ai que deux mains. Je vais chercher l'ogre, il marche sur la pointe des pieds, je lui parle en chuchotant, on ne sait jamais, il ne faut pas tenter le diable : la courtoisie et même la sagesse ont leurs limites, je ne souhaite pas voir Roman surgir sur le palier et bondir sur mon joueur de violoncelle. Un peu plus tard, assise sur le rebord de la fenêtre, le dos tourné à l'érable, j'écoute la *Passion selon saint Jean,* en silence. L'ogre boit et fume, aussi taciturne que moi. À la fin du disque, je calme son inquiétude : je ne resterai chez lui qu'une semaine, deux tout au plus, le temps de trouver un appartement. Un mariage, c'est plus qu'il n'en faut pour une vie. Deux, ce serait exagéré. Plus je parle et plus l'ogre se détend. Il fronce les sourcils quand je lui dis que j'emporterai le gros avec moi. Je précise : pas les disques, bien sûr. J'emporte la joie donnée par cette musique. Je peux l'entendre même dans l'absence de disques, il me suffit de fermer les yeux et de respirer lentement, très lentement, et tout revient par ondes, flux, vagues : titati titati, tatati tatati.

C'est drôle. Ce n'est pas drôle du tout : pas une seconde je n'ai pensé revenir vers Roman, frapper à sa porte. C'est peut-être en moi une infirmité, c'est peut-être une grâce, c'est comme ça : ce qu'on me donne, je le prends. Ce qu'on me retire, je n'en veux plus. Vraiment, je suis facile à quitter. Je me demande si, à la place d'un garçon, je tomberais amoureux d'une fille avec un cœur aussi, comment dire : sec. Un cœur sec ? Non, pourtant, je ne dirais pas ça. Léger. C'est déjà mieux. J'ai le cœur léger. Ce n'est pas encore tout à fait ça, ça s'en rapproche : j'ai le cœur titati titati.

Je retrouve cette légèreté dans l'ogre. J'ai décidé de ne plus le voir, je ne le lui dis pas, il le devine. Je n'allais vers l'un que pour échapper à l'autre, et inversement. Puisque l'un disparaît, il est juste que l'autre s'efface. En vérité je suis soulagée. Rien ne s'est passé aussi gentiment que je l'écris pendant ces trois années. La violence rôdait, et le malheur. Les deux hommes ont déployé des trésors d'intelligence pour ne jamais se trouver face à face. Ce qu'on pressent d'une chose est bien plus éprouvant que la chose elle-même. Je commençais vers la fin à souhaiter que la rencontre ait lieu, pour ne plus souffrir de l'imaginer. À quoi bon en dire plus. Les journaux comme les livres sont pleins de ces histoires, c'en est lassant. Je ne crois pas en Dieu, je pense que tout ce qui nous arrive est mis dans nos bras par Dieu auquel je ne crois pas, je pense tout et son contraire, c'est peut-être ça, penser, nous sommes dans cette vie jetés les uns contre les autres, je pense que le grand art est l'art des distances, trop près on brûle, trop loin on gèle, il faut apprendre à trouver le point exact et s'y tenir, on ne peut l'apprendre qu'à ses dépens comme tout ce qu'on apprend vraiment, il faut payer pour savoir, c'est ma première leçon d'enfance, c'est comme ça que j'ai appris à lire l'heure sur le cadran des horloges, j'avais trois ans, trois ans et demi, pendant un mois, chaque jour, ma mère disparaissait deux heures de suite, je n'ai jamais su où elle allait, mon père ne m'a jamais répondu là-dessus, il avait un drôle de visage ces jours-là, j'avais peur, je ne comprenais rien, et si elle ne revenait pas, mon père me montrait une horloge, il me disait : regarde, quand la petite aiguille sera là et que la grande aiguille sera ici, il sera telle heure et maman arrivera en riant, comme toujours, c'est comme ça que j'ai appris à lire l'heure et c'est comme ça que j'ai appris le reste, avec le manque et la douleur en moi, je n'aime pas la douleur, je ne l'aimerai jamais mais je dois bien reconnaître qu'elle est bonne institutrice, nous passons cette vie à tuer ceux que nous approchons et nous en sommes tués à notre tour, la grâce c'est de franchir toutes ces morts en gardant son intelligence, sa gaieté et sa douceur, la grâce c'est d'être en vie même morte, comme un oiseau moqueur dans la forêt calcinée, mon Dieu qui n'êtes personne, donnez-moi chaque jour ma chanson quotidienne, mon Dieu qui êtes un clown, je vous salue, je ne pense jamais à vous, je pense à tout le reste, c'est déjà bien assez de travail, amen.

Je découvre un studio charmant au bout d'une semaine, j'y pose mes valises et mes sacs, j'y passe un soir, je m'aperçois qu'il n'est pas vide, il est rempli de Roman, de l'ogre et de moi, les images viennent, certaines limpides, d'autres déchirantes, il est donc impossible d'entrer dans une pièce vide, toujours notre âme nous y précède, je reprends mes valises, j'appelle ma mère, je m'accorde un mois de repos, dormir dans la chambre d'enfance, même avec vue sur les tombes, ça me fera du bien. Je quitte la capitale. Le train traverse la cendre des banlieues, déchire le fin tissu des terres. Au bout, une petite gare. Plus loin, une maison. Elle non plus n'est pas vide. Je sais ce qui m'y attend : un rien de paix et de joie simple, un air de quatre sous, titati titati, tatati tatati.

« Rebecca, ôte ta robe, tu n'es plus mariée. »
Cette phrase sort de la Bible, ou du Talmud. Je
me souviens l'avoir lue en tête d'un livre savant.
J'ai tout oublié du livre, sauf cette phrase. Elle
me revient aujourd'hui, comme un moineau
sautillant à mes côtés, m'accompagnant jusqu'à
la porte de mes parents. « Rebecca, ôte ta robe,
tu n'es plus mariée. » Le fleuriste vient à ma
rencontre dans le couloir d'entrée, une éponge
à la main. Il est en train de faire la vaisselle.
Il est seul. Ma mère est partie au tribunal, elle
reviendra ce soir : les jumeaux continuent leur
vie en miroir, l'un vient de passer son permis de
conduire — qu'il avait déjà — en empruntant
l'identité de son frère qui ne pouvait se
débrouiller avec les créneaux. La supercherie a
été dévoilée, ils ne risquent pas grand-chose,
une forte amende tout au plus. Et mon père ?
Ton père est dans les tombes, dit le fleuriste,
où veux-tu qu'il soit ? Je file dans ma chambre

d'enfant, je lance mes bagages sur le lit, je descends dans la cuisine, je dévore jambon, pâté et sardines, j'ai encore faim, je mets de l'eau à chauffer pour les pâtes, ma mère m'a appris à les cuire *al dente,* il faut de temps en temps plonger une fourchette dans la casserole, saisir une pâte et la lancer contre le mur, si elle reste collée, on arrête la cuisson immédiatement. Mon père pousse la porte et s'écarte juste avant de recevoir une poignée de spaghettis en plein visage. Il a son air des mauvais jours. Nous voilà revenus dix ans en arrière : j'ai eu de mauvaises notes à l'école du mariage, le professeur Roman n'est pas content de moi, mais alors, pas content du tout, il pense que j'aurais pu faire des efforts et moi je n'en suis pas sûre, je suis bonne dans les autres matières, pour le rire, pour le songe, pour le sommeil, mais le mariage, non, on ne peut pas être douée partout. Mon père, comme toujours, est de l'avis des professeurs. Il y a d'ailleurs quelque chose de commun à ces trois figures-là, celle du père, celle de l'enseignant et celle du mari. Mon Dieu, protégez-nous des examens et de ceux qui nous les font passer. Je dis à mon père que je lui raconterai en détail ce soir, lorsque ma mère sera de retour. Le fleuriste et lui se regardent, perplexes. Le premier retourne à ses fleurs, le second à ses morts. Je passe l'après-midi seule à la maison. Il y a combien de temps que je n'avais goûté à la joie d'être seule ? Je reste allongée sur mon lit, ce sont des heures douces comme au début de l'amour. Le soir, devant ma mère riant et mon père grognant, je leur annonce la fin de mon mariage. Je ne dis pas un mot de l'ogre, ça ne les regarde pas : ils ont bien le fleuriste, eux. Rebecca ôte sa robe de mariée, Rebecca vide trois verres de vin blanc frais, Rebecca compte bien se reposer quelques semaines : un mariage, plus un divorce, c'est beaucoup de travail, beaucoup de fatigue.

Roman débarque le lendemain. Je suis au marché avec ma mère. Il me cherche entre les tombes, trouve mon père, engage avec lui une conversation sur la légèreté des femmes. Il est déplaisant, ce garçon, me confiera mon père un peu plus tard. Il a fumé un paquet de cigarettes en t'attendant, il jetait les mégots dans la fosse que je creusais, cette désinvolture m'a agacé, ce n'est pas parce qu'on est en proie à un chagrin d'amour que l'on peut tout se permettre. Pendant ce temps, sur la place du marché, ma mère, ravie de mon retour, me présentait à ses amies. Ma mère aura toujours été ravie par le mouvement de ses enfants, qu'ils entrent, qu'ils sortent, qu'ils passent au tribunal ou à la mairie. Que nous ne soyons pas des anges, elle est bien placée pour le savoir. Mais cela reste un secret entre elle et elle. Il est hors de question que qui que ce soit — fût-ce son mari — émette la moindre réserve sur notre conduite. Elle seule a le droit de nous critiquer. C'est son privilège de mère — et c'est sa grâce de ne jamais user de ce privilège. Qui sait : c'est peut-être le seul amour qui vaille. Mais il y a belle lurette que, au sujet de l'amour, je n'ai que des questions, aucune réponse. « Belle lurette », cela ferait un beau nom pour une amoureuse. Pour l'heure, il n'y a pas d'amoureuse en face de Roman. Pas non plus de madame Kervoc. Il y a Rebecca, elle n'a plus sa robe de mariée, elle a retrouvé les jupes plissées de l'enfance et elle ne comprend rien à ce qu'on lui chante, il n'y a sans doute rien à comprendre dans ce mélange de plaintes et de menaces. Mes parents sont en bas, ils doivent nous entendre. J'ai emmené Roman dans ma chambre, la fenêtre est ouverte, les morts aussi doivent entendre.

Une heure, deux heures à écouter le même air — pas du Bach, plutôt du Bizet, *Carmen* : si tu ne m'aimes pas, je t'aime, et si je t'aime, prends garde à toi. Je vais vite, je résume ce que Roman-l'écrivain dit à Nuage-l'adultère. Nuage, c'est le nom qu'il m'avait donné dans les premiers mois, et c'est ma seule nostalgie : personne ne m'appellera plus comme ça. L'argument de Roman, sa thèse, son point fort, sa conclusion : « Nuage, je ne peux pas me passer de toi. » Nuage, madame Kervoc et Rebecca tombent d'accord à l'instant et leur façon d'être d'accord, c'est d'éclater de rire : « Mais Roman, mon bon Roman, mon vieux Roman, quel rapport avec l'amour ? On ne va pas rester avec quelqu'un sous prétexte qu'il est perdu sans vous — à moins qu'il s'agisse d'un enfant et qu'on en soit la mère. Je ne suis pas ta mère, Roman, et je ne veux plus être ton épouse. Je suis heureuse de ce que nous avons vécu ensemble, même si j'ai un doute sur ce mot : ensemble. Je suis heureuse et je m'en vais. Regarde-les — je lui montre les tombes —, ils ont fini de chercher, eux. Ils ont trouvé. Moi je n'ai pas trouvé, Roman, et il n'y a rien ni personne dont je ne puisse me passer. »

Il descend l'escalier, passe devant mes parents sans les voir, sort dans la rue, monte dans sa voiture. Je suis sur le seuil de la maison, je n'attends pas que la voiture démarre, je reviens dans le salon. C'est une des lumières que m'a données mon loup : ceux que l'on regarde s'en vont vers leur mort, donc s'éloignent de nous même quand ils ont l'air de s'en approcher, tout s'en va, depuis le début s'en va. Ce n'est rien de désespérant, cette pensée. C'est une pensée simple. Elle ne retient pas d'aimer, au contraire. Elle me fait même chanter en cet instant.

Eh bien, ma fille, me dit ma mère, tu n'es pas tendre. Je la regarde en souriant : eh bien, ma mère, qui m'a élevée ? Et je vais prendre un bain. Avec plein de mousse.

Morte. Je suis morte pendant deux jours. Je m'étais levée tôt, j'avais pris une douche, je m'étais parfumée et j'avais choisi une robe d'été — bien qu'on fût en hiver. Il ne faisait pas si froid. Et puis c'était mon désir, une envie de tissu léger, coloré. Rien n'est plus triste que de toujours s'habiller « comme il faut ». Rien n'est plus désolant que ces gens qui ne disent et ne font jamais rien de « déplacé ». Les parents de Roman étaient comme ça, de bons élèves, récitant leur vie comme une leçon apprise par cœur, sans jamais faire la moindre faute. Je ne sais pas ce qui est le pire — de ne s'adapter en rien au monde, ou de s'y adapter en tout, des fous ou des gens dits convenables, convenus. Je sais que j'ai moins peur des fous, je crois qu'ils sont bien moins dangereux. Je m'étais donc habillée ce jeudi d'hiver comme pour un dimanche d'été. J'avais quelques courses à faire. Des piles pour le gros, des journaux et des fruits. J'ai souvent faim dans le milieu de la nuit et je n'ose pas me servir dans la cuisine de l'hôtel. Je pensais acheter des bananes. Ce qui est bien dans les bananes, ce n'est pas tant leur goût, un peu fade, c'est qu'elles sont faciles à défaire de leurs peaux. Je préfère les oranges mais je n'ai pas le courage de les éplucher : prendre un couteau, faire des rainures sur l'écorce, la détacher par quartiers et me retrouver avec des mains poisseuses, de petits morceaux de pelure blanche, à l'envers de l'écorce, coincés sous mes ongles. Les bananes, c'est moins de peine. C'est un détail, cette histoire d'oranges, et ce n'est pas qu'un détail : beaucoup de choses entrent dans ma vie, ou restent sur le seuil, pour cette unique raison de paresse. Je suis pire que ma mère. Fruits, piles, journaux et cadeaux — dans deux jours, ce serait l'anniversaire des jumeaux : j'avais des raisons de sortir de l'hôtel, et la robe qui allait avec les raisons. J'ai fait quelques pas sur la moquette rouge du couloir, je suis revenue en courant dans ma chambre, j'ai fermé la porte à clef, je me suis allongée sur le lit, je ne m'en suis pas relevée avant deux jours pleins. C'est ce que j'appelle mourir, ça me prend quelquefois. Plus voir, plus parler, plus rien. Deux jours, ce n'est pas beaucoup. J'aurais très bien pu passer tout mon séjour à l'hôtel ainsi. L'écriture a sans doute limité cet engourdissement, l'a maintenu dans des proportions raisonnables.

144

Après ma mort je me suis levée rajeunie. J'ai repris le fil des heures exactement là où je l'avais lâché. J'ai fait mes courses, et je suis retournée à la maison de retraite, voir « ma » grand-mère. Il y avait une fête dans la grande salle, un anniversaire. Une musique toni-truante, des gobelets en plastique remplis de mousseux. Quelques femmes dansaient entre elles. La plupart restaient assises à les regarder. Celle qui était fêtée venait d'avoir quatre-vingt-quinze ans. Les infirmières qui l'entouraient lui parlaient très fort. Elle trempait un biscuit dans son verre et, le temps de le porter à sa bouche, elle en faisait tomber la moitié sur sa jupe à fleurs, violette. J'ai peur de vieillir. Je me demande si les hommes connaissent cette peur-là. Les hommes sont protégés de beaucoup de choses — par les femmes comme mères et ensuite comme épouses. Ma vieille dame n'était pas dans la salle. Une infirmière m'a indiqué le numéro de sa chambre et m'a dit, vous êtes de la famille, j'ai répondu oui, alors il faut que vous sachiez qu'elle ne va pas très bien, elle perd la tête, d'ici une semaine ou deux nous aviserons, mais je crains qu'on ne puisse éviter l'interne-ment dans un établissement spécialisé.

J'ai frappé plusieurs fois à la porte. Aucune réponse. Je suis entrée, elle était assise dans un fauteuil près de la fenêtre, la tête entre ses mains trempées : elle pleurait. Elle pleurait en silence. Les larmes roulaient de ses yeux à ses mains régulièrement, doucement. Je me suis agenouillée devant elle, j'ai mis mes mains sur les siennes. Elle m'a reconnue. Je n'ai pas demandé la raison des larmes. Il n'y en avait pas — ou trop. J'ai revu le visage de Roman à l'heure de la séparation. Là, dans cette chambre de vieux aussi étroite qu'une chambre d'étudiante, c'était autre chose. Du sel et de l'eau d'une autre nature. Roman sanglotait sur son cœur comme un enfant sur sa poupée cassée. Ses larmes réclamaient quelque chose. La vieille dame ne demandait rien, ses larmes ne valaient pas pour des cris. Ses larmes ne valaient pour rien — comme de la rosée ou du sang. Je m'étais trompée : elle ne me reconnaissait pas. Je lui étais familière mais ce n'était pas moi qu'elle voyait. Elle m'appelait Jérémie — tu es revenu, Jérémie, tu as enfin laissé tes baguettes au fond du ciel, tu n'es pas un ange très gentil, Jérémie, à jouer du tambour sans arrêt, tu me casses les oreilles et puis tu devrais t'occuper de moi mieux que ça, plus souvent, enfin je suis contente, j'ai retrouvé mon ange gardien, je t'ai vu hier à la télévision, tu jouais à la marelle sur la place Rouge devant le Kremlin et tu t'es envolé sur une coupole toute jaune, parle-moi de Moscou, Jérémie, parle-moi de ce pays, ça semble tellement beau.

146

Alors je lui ai raconté la Russie où je ne suis jamais allée. Les arbres, les rues, les maisons, les visages, le ciel, les arbres encore.

Je suis rentrée à l'hôtel presque en dansant, légère : c'est la première fois de ma vie que j'avais un projet. Il était drôle, simple, facile à mettre en place : l'affaire d'une semaine ou deux — le temps de finir mes écritures, dire adieu à mes ombres.

J'ai vingt-sept ans et mes parents se disputent à mon sujet comme si j'en avais sept. J'entends mon père dans le jardin en bas. Il fait la leçon à ma mère. Il lui rappelle combien la vie est rude et qu'ils ne peuvent continuer à nourrir une idiote de vingt-sept ans qui passe ses journées dans une chambre, à lire des romans. Quand mon père parle comme ça et que ma mère est silencieuse, c'est signe qu'elle couve un éclat de rire. Et voilà : la fusée du rire éclate au beau milieu d'une parole de mon père sur les vertus du travail. Cela fait six mois que je suis chez mes parents, six mois que ce genre de scène revient, à raison d'une par semaine. Le plus souvent, le samedi. Cela pourrait durer longtemps. Je me sens bien sous l'aile de ma mère. J'y suis au chaud. Elle fait son travail à merveille. Le travail des mères, c'est de protéger les enfants de la noire humeur des pères. Et les pères ? Leur travail est, je crois, de même nature : ils sont là pour garder les enfants de la trop vive folie des mères. Pour moi, cela n'aura marché que d'un côté, du côté de la mère. Pourquoi, je l'ignore. Peut-être n'y a-t-il qu'une seule personne *entière* dans un couple, jamais deux : la deuxième suivrait, en râlant ou en souriant, mais elle ne ferait que suivre, amputée d'une partie de ses forces. Le couple est une chose difficile — comme toutes les choses impossibles. Et puis, au fond, qu'importe ce qui devrait être : ce qui est suffit à ma joie. J'ai un secret : la vie m'aime bien. La vie vient toujours à ma rencontre quand je suis au bord de l'oublier. Pourquoi m'en faire ?

Je dévore des livres choisis pour leur taille — pas moins de sept ou huit cents pages. Le temps passé à lire n'est pas vraiment du temps. Allant d'une page à l'autre, je passe des frontières, j'entre dans des maisons endormies, c'est la fugueuse en moi qui lit et aucun gendarme ne peut la retrouver avant qu'elle ait atteint la dernière phrase, levé la tête sur un ciel qui était bleu au début du premier chapitre et qui maintenant est noir. J'ai vingt-sept ans mais les lecteurs n'ont pas d'âge. Devant le livre ouvert il n'y a qu'une enfance laissée à ses jeux dans la rue, bien après dix heures du soir.

Je passe trois jours et trois nuits avec Anna. Anna Karénine, 909 pages. Elle et le jeune

Vronski dansent à leur première rencontre sous les yeux de Kitti, amoureuse de Vronski, et moi je regarde les trois, les amants dans l'inconnu de leur désir et celle que cette vision détruit. Par la fenêtre entrouverte du palais Nikitine, mélangée aux rumeurs de l'orchestre, la voix de ma mère qui me demande ce que je veux pour dîner, salade de carottes ou gratin d'endives. Je pourrais passer ma vie ainsi, dans cette chambre et dans ces eaux mêlées du songe et du réel. J'aime tellement les ombres dans les livres. Personne ne peut me sortir de leurs bras.

Personne sauf d'autres ombres, une douzaine, qui entrent dans le cimetière, se dirigent vers mon père, lui tendent un papier de la mairie, une autorisation de tournage pour un film policier, une scène de funérailles, vingt secondes d'images, trois jours de travail. C'est la première connaissance que je prends du cinéma et c'est une connaissance qui me ravit : beaucoup de temps pour presque rien. Mon père, d'abord surpris, ensuite content, finit par se vexer. Le metteur en scène, après l'avoir longuement interrogé, demande à un comédien de faire le fossoyeur à sa place. J'ai plus de chance que lui. J'obtiens un rôle de figurante. Je serai de ceux qui s'avancent au bord de la fosse et jettent à l'intérieur une rose jaune. Le fleuriste fait en deux heures la recette d'une semaine. Je ne sais rien de l'histoire. On nous demande de pleurer une femme très aimée dans son village. La scène est reprise quatre fois de suite, quatre fois de suite mon cœur se brise et mes yeux s'embuent. La première fois je me dis que c'est Roman qui gît dans le cercueil, la deuxième fois que c'est mon père. Les deux dernières scènes, je pleure sur Anna et son jeune militaire.

Entre les prises, je vais des uns aux autres. Le metteur en scène, je n'ose pas l'approcher. Un petit gros relève mon nom, mon adresse, c'est promis, il pensera à moi pour d'autres figurations.

Trois mois passent, un coup de fil, je dois rejoindre une troupe près de Marseille, un film en costumes, j'aurai peut-être une phrase à dire, je demande laquelle : « Vous oubliez votre chapeau, monsieur. » Je répète la phrase toute la nuit, je fais mes valises, heureuse, le temps vient de faire une boucle : le cinéma est comme le cirque, même joie du déguisement, même gravité du jeu.

J'ai beaucoup de chance : c'est ce que me disent les autres figurants. Et c'est vrai que tout va vite. Marseille, Rouen, Paris, les propositions de tournage s'enchaînent, je n'ai bientôt plus à demander, on m'assure que c'est plutôt rare dans ce milieu. Je ne comprends pas ce qu'on me dit et c'est peut-être ça, la chance : une chose qu'on aurait sans la comprendre, sans même savoir qu'on l'a.

Je ne me prends pas pour une actrice. Je suis figurante, c'est marqué sur les fiches de paye. Les acteurs sont à l'intérieur d'une histoire. Les figurants sont en dehors. Ils frôlent les événements, ils n'y entrent jamais. Mon travail, c'est d'être qui on veut que je sois : une Anglaise en vacances, la secrétaire d'un avocat, une cliente dans un magasin. Ce n'est pas compliqué, tout le monde sait faire : vous avancez dans la lumière, on vous regarde venir et ce n'est pas vous qui venez, c'est une autre en vous. Un repos, plus qu'un travail. Une vraie bénédiction.

J'ai au fond de mon sac un carnet d'adresses de cuir noir, patiné. Dedans, quelques gens célèbres et beaucoup d'autres, anonymes. Et que des amis. Je fais partie de « la grande famille du cinéma ». Sur les photos de groupe, je suis la petite brune qu'on devine en arrière-plan, le visage à demi masqué par celle qui se tient devant. On me voit peu et c'est égal : je suis là. Acceptée, accueillie.

Ceux qui nous aiment sont bien plus redoutables que ceux qui nous détestent. Il est bien plus difficile de leur résister, et je ne sais rien de mieux que des amis pour vous amener à faire le contraire de ce que vous souhaitiez faire. Ma chérie, tu devrais accepter ce rôle, mon cœur, tu devrais absolument aller à ce rendez-vous, une proposition comme ça, ça ne se refuse pas.

Je n'ai jusqu'ici écouté que mon instinct. Enfin, je n'appelle pas ça « mon instinct », de moi à moi je dis : « mon ange ». Mon ange est un autiste, un enfant-loup. Il me rend parfois muette, fuyante, sauvage, c'est sa manière de veiller sur moi. C'est mon ange qui me suivait dans mes fugues, et c'est lui qui lisait par-dessus mon épaule. C'est lui qui m'a sortie des bras de Roman et ensuite de ceux de l'ogre. Et voilà que je l'ai perdu. Je me demande où il est et je commence à faire n'importe quoi. Ma chérie, mon trésor, il ne faut rien refuser, il faut grimper les barreaux de l'échelle, un à un, quand tu seras en haut, tu pourras pousser l'échelle du pied, en attendant grimpe, un à un, tu ne vas pas faire la fine gueule ? Non, je ne fais pas la fine gueule : j'avale. J'avale contrats, promesses et flatteries. Je grimpe les barreaux, le temps passe, tout va bien sauf que je ne suis pas dans le tout. Quelque chose s'engourdit, dans le cœur ou la tête. Ce doit être un effet du succès — comme un mélange d'alcool et de calmants. Entendons-nous : un petit succès. Je viens à peine de franchir la ligne qui sépare les figurantes des actrices. Au bout de quatre ans, mon plus grand rôle dure trois minutes et vingt-sept secondes. Mais il n'y a pas de « petits » succès. Je me souviens de la gloire de Roman à la sortie de son premier livre, édité à compte d'auteur, introuvable en librairie : un grand de la littérature venait de naître. Nous sommes des ânes qu'un peu de foin réjouit. Nous sommes des ombres qu'un peu de vent habille.

Le monde est plat comme un écran, je fais partie des ombres chinoises, je ne fréquente plus que des fantômes. Les acteurs sont des gens qui s'embrassent beaucoup et se détestent encore plus. Les acteurs sont de pauvres gens comme vous et moi. Toujours à chercher un miroir pour lui infliger la même question, dis-moi, miroir, dis-moi franchement, sachant que je ne supporterai pas ta franchise : m'aime-t-on assez, m'aime-t-on toujours ? Les acteurs sont de grandes fleurs fragiles qui poussent au soleil des caméras, se fanent à la lecture des journaux. Les journalistes, voilà les vrais rois de ce monde. Toujours dans le fiévreux et l'inachevé, jamais le temps de rien : les rois de ce monde vivent comme des esclaves. Les journalistes sont des gens comme vous et moi, oublieux et bavards. Les années filent, les miroirs font leur travail et l'argent suit. De cette époque, je ne retiens que deux histoires. Je les garde en moi précieusement, j'ai toujours gardé en moi ce qui me donnait à sourire en même temps qu'à penser. Le reste, je ne sais pas ce que j'en fais. Je le jette, je crois. La nostalgie n'est pas mon fort.

La première histoire commence dans un studio de radio où je suis invitée en même temps qu'un metteur en scène. Le journaliste est un petit homme avec de gros yeux ronds, bondissant sur sa chaise pour souligner chacune de ses affirmations. On dirait une grenouille. Il résume en ricanant le film du metteur en scène et, plan par plan, entreprend de le déchiqueter. Mais monsieur, cher monsieur, comment peut-on être aussi mièvre, faire montre d'aussi peu de talent, votre film est si détestable qu'il en devient merveilleux, un vrai cas d'école — et le voilà qui sautille sur sa chaise, se barbouillant d'érudition, citant longuement les grands théoriciens du cinéma. En face de lui, le metteur en scène ne sait que rire. À la fin de l'émission, le journaliste, soudain affable, nous invite à déjeuner. Le metteur en scène hésite une seconde, puis accepte. Avant de quitter le studio, le journaliste fait le tour de la table manifestement vide, il en fait le tour quatre fois, j'ai compté, frappant la table du plat de la main et répétant sans arrêt, à voix basse : bon, je n'oublie pas mes clefs, je ne laisse rien, bon, bon, bon, bon. Et à la fin du repas, au restaurant, même cirque, même sautillement autour de la table encombrée de reliefs, la main qui soulève furtivement chaque assiette, au cas où quelque chose aurait été abandonné dessous, et la litanie murmurante : je ne laisse rien, voyons, mes clefs sont dans ma poche, je n'oublie rien, bon, bon, bon, bon. J'ai compris ce jour-là d'où venait la suffisance de certains hommes et quelle misère elle cachait, quelle panique d'égarer quelque chose de soi dans le monde. Plus tard, rencontrant de semblables petits maîtres, je les appelais dans ma tête : les gardiens des clés. Leurs paroles, si brillantes soient-elles, me laissaient froide. Je savais ce qu'il y avait dessous et qu'elles n'avaient pas plus d'importance que l'air qui gonfle les joues des grenouilles craintives.

La deuxième histoire se passe dans le bureau d'un producteur. Un jeune cinéaste y déchire en hurlant des journaux. Son film vient de sortir, personne n'en parle, il est persuadé d'une conspiration et d'ailleurs il en a la preuve. Le producteur, souriant, ouvre une armoire, en sort une bouteille de whisky et deux verres. Il attend pour intervenir que les journaux soient réduits en miettes, en poudre, en confettis : mais mon vieux, vous faites fausse route, personne ne vous en veut, pour qu'on vous en veuille, il faudrait que l'on fasse attention à vous, et dans ce monde, je ne parle pas seulement du milieu du cinéma, hein, je parle du monde entier, vous entendez mon vieux, le monde entier, dans ce monde personne ne fait attention à personne, vous ne faites l'objet d'aucune persécution, arrêtez de délirer, l'indifférence et la paresse sont des hypothèses bien plus sûres que la malveillance, c'est vrai que tout le monde se fout de votre film, mais je vous en prie, n'en faites pas une histoire personnelle, je vous le redis, il n'y a pas de conspiration, nulle part, il n'y a que ça : indifférence naturelle, commune, profonde. Paresse naturelle, commune, profonde. Si vous êtes victime, alors nous le sommes tous, de même que nous sommes tous et en même temps coupables. Soignez vos nerfs, mon vieux, allez vers votre prochain film sans vous soucier de la presse, du public ni même des producteurs, vous n'aurez jamais que ces deux ennemis-là, nous avons tous les mêmes et s'ils sont si forts c'est que nous les aidons bien : indifférence naturelle, commune, profonde. Paresse naturelle, commune, profonde.

J'aurais dû m'en douter : mon ange revient — et où aurait-il pu revenir, sinon dans un aéroport ? On me propose enfin un vrai rôle, je vais grimper plusieurs barreaux de l'échelle d'un seul coup, le tournage aura lieu au Canada et, juste avant l'embarquement, une migraine épouvantable me cloue sur place. C'est mon ange qui traîne des pieds dans ma tête, qui reprend enfin sa place, sa vraie place dans le creux de mon oreille : non. Non, non et non. Pas de Canada, plus de films et plus de fantômes. Tu laisses tes bagages et tu vas dans le Jura, pourquoi dans le Jura, ne discute pas, me dit mon ange, tu ne vas pas commencer à discuter, tu files dans le Jura, tu trouves un hôtel et tu m'écris tout depuis le début, le cirque, le collège, le cimetière, tu me mets tout ça noir sur blanc. Et après ? Comment ça, « après » ? Tu as oublié ta formule, ton mot de passe, ton sésame ?

Non, je n'avais pas oublié : après, *on verra bien.*

Je suis descendue dans les cuisines et j'ai demandé au patron de me préparer un petit déjeuner. Il a ri : vous savez qu'il est bientôt l'heure de dîner ? J'ai regardé ma montre. Dix-huit heures, j'avais dormi dix-huit heures de suite sans m'en apercevoir.

Si je devais dessiner mon ange, je lui donne-rais des cheveux rouges, des ailes blanches un peu fripées, et surtout je le montrerais dans son occupation principale : en train de bâiller. Le travail de mon ange, c'est de me détacher du monde (et de moi) en me donnant une puis-sante envie de dormir. C'est toujours par un sommeil que m'arrive de la vie neuve : quelque chose s'approche, et l'approche de cette chose commence par m'épuiser. Je suis comme un sol-dat qui livrerait ses batailles *avant* de les livrer, qui en connaîtrait la lassitude avant qu'elles aient lieu. Ensuite, quand je me suis bien reposée, tout est simple. La bataille quand elle a vraiment lieu, n'est plus qu'un jeu d'enfant.

La fatigue, la lenteur et le sommeil ont toujours été de mes amis. La plus petite action dans cette vie m'a toujours demandé une force énorme, insensée, comme si, pour l'accomplir, il me fallait soulever le monde entier, naître à chaque fois. Je comprends très bien que les nourrissons passent leur temps à dormir. Ils font un travail proprement exténuant : ils tètent une goutte de réel, une goutte seulement, ils la tètent de tout leur corps froissé et rose, ils la gobent avec leurs petits yeux ronds, ils la lèchent avec leur petite langue de chat, une goutte de réel, un rien, un soupçon, une larme de réel qui tombe sur leur âme blanche comme de l'huile sur le feu — et ils sont aussitôt exténués, accablés, obligés de tout arrêter, tout suspendre, repartir pour des heures de sommeil. Les nourrissons grandissent en dormant. Petit à petit, insensiblement, ils prennent taille, poids et force, les oreilles s'épaississent, les lèvres deviennent moins tremblées et les yeux s'affolent moins, regardent plus posément autour d'eux. Mon ange avait raison : j'ai grandi en venant dans le Jura pour n'y rien faire. L'écriture faisait partie de ce sommeil.

Je regarde ce manuscrit sur la table et je pense que je l'ai écrit pour me donner le temps de prendre une décision, de la laisser se prendre en moi. Peut-être ne fait-on jamais une chose pour elle-même, mais pour se donner le temps d'en venir à une autre qui, seule, nous ressemblera. Ce que je m'apprête à faire me ressemble beaucoup. Oui, mon ange voyait juste : je suis devenue une grande fille, j'ai beaucoup grandi dans le Jura. Avant, ce ne devait pas être possible. Avant, il y avait toujours quelqu'un, les parents, un époux, des amis. On ne peut pas grandir avec les autres. On ne peut grandir qu'en échappant à cet amour qu'ils nous portent et qui leur suffit, croient-ils, à nous connaître. On ne peut grandir qu'en faisant des choses dont on ne leur rendra pas compte, et d'ailleurs si on leur en rendait compte, ils ne les comprendraient pas, parce qu'elles seront faites avec cette part de nous demeurée invisible, insaisissable, non couverte par le manteau d'amour qu'ils jetaient sur nos épaules. Cette part-là est part de l'ange — ou du loup. Je ne suis pas sûre de croire aux anges. Les loups existent. Ils existent même deux fois, une fois dans les forêts, une deuxième fois dans les légendes qui sont comme des forêts de mots. Les anges, je ne sais pas. J'en ai aperçu dans les livres de peinture. On dirait des petits garçons en chemise de nuit. Je sais qu'il y en a aussi dans les histoires de la Bible. À supposer qu'ils existent vraiment, la peinture et la Bible ne doivent être

pour eux que des résidences secondaires.
« Ma » grand-mère, elle, ne doute pas une
seconde de leur existence : chaque fois que je
pousse la porte de sa chambre, elle en voit un.
Ah Jérémie, tu reviens me voir, tu viens tous les
jours maintenant, c'est bien.

L'infirmière m'a annoncé le placement de la
vieille dame dans un hôpital psychiatrique, la
semaine prochaine : je sais, c'est pénible, mais
nous ne pouvons plus la garder, la journée elle
pleure, la nuit elle crie, tous ses voisins s'en plai-
gnent. Je n'ai rien dit. J'ai seulement pensé que
le mot placement était un drôle de mot — le
même pour les gens et pour les sous. J'ai aussi
pensé qu'avec moi la vieille dame ne pleurait
presque plus, qu'elle avait même tendance à
rire, à trouver que son ange était drôle avec ses
histoires de loup, d'ogre et de clown : depuis
quelques jours j'emporte le manuscrit à la maison de retraite et je lui en fais la lecture. Les
propos de l'infirmière ne m'ont pas inquiétée :
j'avais déjà pris ma décision et commencé de
régler quelques détails. L'argent, d'abord. Je
suis entrée dans une banque à Saint-Claude. J'ai
consulté mon compte et j'ai tout retiré. L'em-
ployé a appelé son directeur qui a voulu me
convaincre de ne pas tout transformer en
liquide : dans votre propre intérêt, mademoiselle, vous devriez garder quelques valeurs, nous

166

en avons d'ailleurs de nouvelles, très très avantageuses. Mademoiselle a dit non, non, non. Le monsieur a insisté. Je lui ai rappelé le début de la fable de La Fontaine, où il est dit que la fourmi n'est pas prêteuse et que *c'est là son moindre défaut :* phrase terrible pour les fourmis, vous ne pensez pas, monsieur le banquier ? Cigale je suis, cigale je reste. Il a ri. Jaune. La voiture, ensuite. Affaire conclue en cinq minutes. Le vendeur m'a parlé de performances, de puissance et de confort. Je l'ai interrompu très vite : tout ce que je voulais, c'était une radiocassette haut de gamme, avec des pneus autour.

La vieille dame ne délire pas toute la journée. Elle me reconnaît parfois. Hier, par exemple, elle ne m'a pas appelée Jérémie. Elle pleurait à nouveau, désolée d'être là, désolée d'être elle-même, et je me suis dit que la folie venait peut-être à la place des larmes qu'on ne sait pas pleurer. Je lui ai fait part de mon projet : je viens la chercher dans deux jours, nous partirons en voiture sans prévenir personne. Elle décidera seule du chemin. Je m'occuperai du reste — réserver les hôtels, fouiller dans les guides, repérer les choses à voir. Elle m'a regardée avec étonnement, elle n'a rien dit pendant plusieurs minutes, j'ai cru qu'elle allait refuser, et puis elle m'a demandé, en reniflant, avec une voix de petite fille : l'Italie, c'est possible ? Oui, c'était possible. Et la Hollande ? Oui, c'était aussi possible. Elle a cité d'autres noms de pays. Tout était possible.

Je passe la prendre demain. On commencera par l'Italie. Non, plutôt la Hollande, m'a-t-elle crié alors que je sortais de sa chambre. Et elle a éclaté de rire, un rire léger, cristallin. J'ai emporté ce rire avec moi jusqu'à l'hôtel. Je venais de comprendre pourquoi j'étais venue dans ce coin du Jura. Il faut parfois faire les choses pour comprendre ensuite, et seulement ensuite, pourquoi on les a faites.

Elle dort, la tête appuyée sur mon épaule droite. Je roule doucement, soixante, soixante-dix à l'heure, pour ne rien perdre du paysage. Devant moi, ni tulipes ni moulins. Juste une zone commerciale près de Limoges. C'est égal : la beauté est partout sommeillante, pas seulement dans les bulbes de tulipes ou sur les ailes de moulins. La beauté est appuyée sur mon épaule droite, elle est dans ce sourire qui flotte sur un visage parcheminé. Ce sourire n'a pas quitté la vieille dame depuis le matin où je suis venue la prendre, quand elle a vu que le changement de programme me convenait tout à fait : ah Jérémie, Jérémie, je n'ai pas fermé l'œil de la nuit, tellement j'étais excitée par ce voyage, dis-moi, j'ai changé d'avis, la Hollande, ça peut attendre, un pays ce n'est pas comme les gens, ça ne disparaît pas du jour au lendemain, ça ne s'évapore pas, donc on ira plus tard et puis finalement non, je vais te dire ma préférence, Jérémie, je ne suis pas habituée à la dire, j'ai été plutôt habituée à obéir, je te raconterai, mais avec toi c'est pas pareil, avec son ange, c'est comme si on était rien qu'avec soi, on est avec lui et en même temps on est tout seul, bon, voilà comme j'envisage les choses, Jérémie, écoute, mon grand, la Hollande, l'Italie et les autres, on leur pose un lapin, on reste en France, j'ai pensé à ton histoire, je voudrais que tu m'emmènes dans ton cirque, j'aimerais voir la funambule, le dompteur, le clown et les lions, je ne sais pas combien de temps il me reste à vivre, je ne suis pas comme les vieilles d'ici qui jacassent du beau temps pour ne rien entendre de la mort, moi je m'attends à tout dès le réveil, au beau temps *et* à la mort, tu comprends, Jérémie, fromage *et* dessert, je sais bien que tu n'as plus de nouvelles du cirque, mais tu le retrouveras bien, et puis tu as dû garder de l'influence, du prestige là-bas, j'aimerais que tu leur demandes de me faire une place, je peux dormir dans un dé à coudre et je ne suis pas difficile à nourrir, je préfère voir des éléphants plutôt que des tulipes, je voudrais finir mes jours dans une maison qui roule avec des lions dans la chambre à côté, dis-moi, mon ange, c'est pas compliqué, ça, c'est pas la lune ?

Non, ce n'était pas la lune. C'était *presque* la lune : j'ai téléphoné à ma mère, regardé dans des annuaires professionnels, aucune trace du cirque. Je me souvenais du circuit qu'il faisait dans le pays, toujours le même, dans le même ordre, celui des aiguilles d'une montre : midi c'est Paris, midi et demi c'est Marseille, une heure moins le quart, la Bretagne, et ainsi de suite. J'ai donc roulé en suivant la petite aiguille, celle des minutes. J'ai demandé dans chaque ville traversée. Et j'ai trouvé : ils sont à Limoges, quand la vieille dame ouvrira les yeux, elle verra sa nouvelle maison.

J'aperçois la toile du chapiteau. Je roule de plus en plus doucement. Elle ne s'est pas réveillée.

Ils étaient un peu serrés à l'arrière, ça leur fera du bien de se dégourdir les jambes. Je viens de les regarder dans le rétroviseur, ils forment un trio charmant, vraiment la fine équipe : un loup aux dents jaunes, un ange aux cheveux rouges et le gros, le gros imperturbable, coincé entre les deux, sifflotant un des airs de *L'art de la fugue*. Non, je me trompe : plutôt une sonate. Enfin, quelque chose comme ça :

DU MÊME AUTEUR

Composition Nord Compo
Impression Novoprint
à Barcelone, le 7 octobre 2013
Dépôt légal : octobre 2013
Premier dépôt légal dans la collection: avril 1997

ISBN 978-2-07-040202-1 / Imprimé en Espagne

256566